느 리 게＿＿＿산
다

멈추고 비우며

느 리 게＿＿＿산
다

김근희·이담　　　　　　지음

느린
서재

거꾸로 가는 시간

1990년 여름, 우리 부부는 두 아이와 함께 뉴욕으로 떠났다. 남편(이하 나무꾼)과 나, 두 사람의 늦은 유학길이었다. 처음 JFK공항에 내릴 때만 해도 대학원을 마치면 한국으로 돌아오려니 생각했는데, 졸업하기 전부터 그림책 일이 연결되어 미국에 계속 살게 되었다. 그림을 그리며 생활하는 우리는 순수미술 전시회를 통하여 그림을 판매했고, 많은 그림책에 일러스트레이션 작업을 했다.

미국 생활 20여 년이 훌쩍 흐른 2009년 가을, 잠시 한국에 올 기회가 생겼다. 우리는 당분간 한국에서 머물 집을 속초에 정했다. 그런데 2년 정도 장기 캠핑이라 여겼던 속초에서 뜻하지 않게 설악산에 빠져, 10년이 넘도록 자연 관찰을 다니게 되었다. 미국 생활이나 설악산 아래 생활이나 우리로서는 전혀 예상치 못한 긴 세월이었으니 내일의 일은 정말 알 수가 없다. 최근에는 정들었던 설악산을 떠나 충남의 시골로 집을 옮겨 왔다. 자연의 생명들을 만나는 재미에 뒤늦게 눈을 떠 이들을 마당과 텃밭에서 만나고 싶은 생각에 흙이 있는 터전으로 오게 되었다.

뒤돌아보니 우리는 겁도 없이 훌쩍 사는 곳을 옮겨 다녔다. 그럴 수 있었던 이유는 우리 일이 특정 지역에 출근해서 일하는 직업이 아니기 때문이었다. 어디서 사느냐가 아니라 '어떻게 사느냐'가 우리의 화두였기에 마음이 끌리는 곳에 오래 머물렀던 것 같다.

미국에 살면서 내 눈에 들어온 강한 인상은 사람의 자취가 남아 있는 가까운 과거의 흔적이었다. 역사적인 자료로서가 아니라 그저 사람을 품었던 공간과 시간이 느껴지고, 그 자리에 머물렀던 일상이 따뜻해 보여 그것을 그림에 담곤 했다. 서울 태생인 우리 둘에게 너무 빠른 속도로 변해가는 서울은 마음 붙이기에 오히려 낯선 도시였다.

속초에서 만난 설악산은 산이라는 거대한 존재, 우리가 칭하는 '산님'의 에너지에 이끌려 힘든 줄 모르고 산 곳곳을 오르내렸다.

지금은 '흙님'이 품은 막강한 힘에 기대어 우리의 작은 동산 '느린산'을 가꾸어 가고 있다. 어느덧 육십이 넘어, 눈을 뜨게 된

흙이 품은 생명과 더불어 사는 모험기는 요즘 '느린산 일기'에 남기고 있다.

*

강산이 세 번 바뀌는 세월, 30년이 지나는 동안 삼십 대의 젊은 우리에서 지금의 우리가 되어 예전과는 전혀 다른 삶을 살고 있다. 소비의 나라 미국에서 보낸 삼십 대의 우리는 일반 소비자의 한 사람으로서 알뜰 쇼핑을 찾아 세일 코너를 자주 만지작거리곤 했다.

우리가 소비를 멈추고 가진 물건을 점차 줄이기 시작한 시점은 미국 생활이 10년쯤 지날 무렵, 사십 대에 접어들면서부터였다. 그때나마 '느린 소비'에 눈뜨게 된 것은 오히려 거대한 소비의 중심지, 뉴욕에 살았기 때문일지도 모른다. 매주 진열대를 바꾸는 새 상품의 파도와 할인 코너로 밀려나는 물건의 홍수를 보며 이런 식의 생산과 소비의 쳇바퀴가 도대체 언제까지 계속될지 의문이 들기 시작했다.

　－ 여기서 남는 물건은 어디로 가고, 결국 어떻게 없어질까?
　－ 소비 행위는 과연 소비자에게 어떤 위안을 줄 수 있을까?

– 소비와 생산으로 맞물린 톱니바퀴의 주도권은 누가 이끌고
있을까?

여러 가지 의문이 들면 들수록 소비 생활은 줄어들게 되고,
대신 살림에 필요한 것을 하나둘 고치고 직접 만들며 살게 되었
다. 뭔가 쓸모 있는 것을 고안하여 만들어 내면서 우리가 만드는
일용품 역시 우리의 그림과 다를 바 없다는 생각이 들었다.

그림이란 화폭에만 존재하는 것이 아니다. 우리의 시선이 멈
추는 모든 장소가 그림이 된다. 그 그림에서 마음의 쉼을 얻는다
면, 삶은 그 자체로 아름다운 치유라는 생각이 들었다.

＊

1부에는 더 이상 새 물건을 들이지 않고, 가재도구들을 고쳐서
쓸모 있게 만들며 살림의 규모를 줄여가는 사십 대 가정의 모습이
담겨 있다. 1부의 이야기는 『고치고 만들고 가꾸는－조각보 같은
우리 집』으로 2010년에 출간되었다가 2018년에 절판되었다. 멈추
고 비우자는 이야기, 적게 갖고 마음은 풍요롭게 살자는 화두를 꺼
내기에 2010년은 이른 시점이 아니었나 싶다. 생태나 환경이라는
단어보다 패스트 패션이 시장을 넓혀가던 시기였으니 말이다.

한편 『조각보 같은 우리 집』이 절판된 후에도 그 책을 찾는 독자들이 꾸준히 있었다. 중고로도 구하기 어렵다는 아쉬움이 들려오곤 해서, 언제라도 뜻이 맞는 출판인을 만나면 개정판을 내고 싶은 생각이었다.

1부가 줄이고 비우는 일의 시작이라면, 2부는 거기에서 한 걸음 더 나아가 설악산 아래에서 10년 동안 머물며 자연의 속도에 다가가는 오십 대 부부의 모습을 담았다. 설악산 자연 관찰 일기는 설악산에서 만난 생명을 그림과 글로 기록한 비주얼 에세이 『설악산 일기 : 산의 시간을 그리다』로 출간되기도 했다.

요즘처럼 물건이 넘치는 세상에서 소비를 줄이고 스스로 고치고 만드는 것은 시계를 거꾸로 돌리는 일과 마찬가지일 것이다. 마트에 즐비하게 늘어선 농산물을 구매하는 대신 스스로 키워 먹겠다고 애쓰는 일 자체가 누군가에게는 한심스럽게 여겨질 수도 있다. 그렇지만 그 거꾸로 가는 시간 속에서 우리는 새로운 힘을 얻어 왔기에, 다시금 이전의 소비 생활로 돌아갈 마음이 없다.

무언가를 원하는 마음은 언제나 목마르고 부족하다. 하지만 갖고 싶은 것이 줄어들면 마음은 그만큼 넉넉해진다. 풍요로운 마음은 밖에서 얻는 것이 아니다. 버릴 것을 다듬어 새것으로 만들어가는 동안 마음 저 밑바닥에서는 싱싱한 샘물이 솟구쳐 오른다.

소박하고 단순하게 살아가는 우리의 이야기가 누군가에게 산

들바람으로 찾아가서 작은 비움이라도 시작해 볼 수 있게 되기를 바란다. 그 마음을 담아 누추한 우리 집의 문을 연다.

소비는 느리게.

머문 자리는 아름답게.

2024년, 봄을 기다리며

prologue 거꾸로 가는 시간

I. 미국에서

1. 니어링처럼 사는군 – 데마레스트 Demarest

2. 스스로 배우며 – 웨스트우드 Westwood

3. 더 단순하게 – 슈가힐 Sugar Hill

II. 설악산 아래에서

1. 버리지 않고 다시 - Upcycling

2. 마음을 내려놓는 한 땀 - Mindful Sewing

3. 생명을 먹다 - Eating Well

4. 느리게 산다-Slow Living

도시풍경, 이담, 왁스페인팅

I.
미국에서

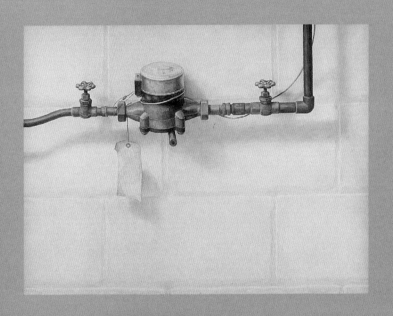

데마레스트 집 수도계량기. 김근회, 수채화

1. 니어링처럼 사는군

Demarest

조각보 같은
하루

우리는 늘 집에서 일한다. 작업실을 따로 마련해 살림과 일을 분리할 수도 있지만, 집에서 일하는 게 마음이 편하다. 집안 살림만 해도 종일 할 일이 많은데, 작업실에 뚝 떨어져서 시간을 가지려고 하면 마음이 더 바쁘다. 그래서 부엌과 제일 가까운 곳이 내 자리이다. 국이 끓고 빨래가 끝나기를 기다리는 자투리 시간에도 계속해서 붓을 움직일 수 있고, 생각이 떠올랐을 때 얼른 한 줄이라도 끼적거릴 수 있는 알뜰한 작업 공간이 나는 좋다. 작은 것들이 모여서 이루어내는 아름다운 조각보처럼 서로 다른 작은 일상도 순간순간이 모이면 기쁘고 보람 있는 하루가 된다.

매일 반복되는 똑같은 일과도 날씨, 계절, 낮과 밤에 따라 나를 설레게도 하고, 지치게도 한다. 소소한 일상이 말을 걸어오기 때문이다. 어떤 날은 사과를 닦다가 물방울 묻은 발그레한 사과 볼이 너무 예뻐서 반갑다. 잘 익은 홍시를 먹다가 물감으로 도저히 흉내 낼 수 없는 투명하면서도 진한 주황빛에 샘이 나기도 한다. 붓에 물감을 흠뻑 묻혔는데 빽빽 나를 부르는 세탁기가 괘씸하고, 빨래를 널 때 늘 보이던 다람쥐가 보이지 않으면 궁금하다.

눈이 소소한 이야기들을 그림으로 옮기는 동안 마음은 다른 세상으로 나들이 간다. 때로는 지나온 시간 속으로, 때로는 저 하늘 너머 미지의 세계로, 때로는 눈에 잡히지 않는 멀고도 넓은 세상을 돌아다니는 바람 소리에 귀를 기울인다.

나무꾼과 나는 종일 집에서 일하기에 주어진 환경을 효율적으로 가꾸려고 노력한다. 일하는 동선을 짧게, 햇빛은 잘 들게, 늘 앉는 자리에서 즐거운 것들을 볼 수 있도록 만든다. 그러자니 같은 물건도 자주 이리저리 옮기곤 한다. 한 친구는 사람들에게 우리 집에 대해 "올 때마다 뭔가 바뀌어 있는 집, 일주일에 두 번 왔는데도 두 번 다 바뀌어 있는 집"이라고 말한다. 물론 그런 경우는 드물지만, 그만큼 변화를 대수롭지 않게 여기는 건 사실이다.

우리 집에는 흔히 있는 큰 소파나 장식용 그릇장, 대형 텔레비전, 대형 식탁 세트 같은 가구가 없다. 우리 집 가재도구들은 우리

둘의 힘으로 옮길 수 있도록 분해와 조립이 간편하게 직접 만든 것들이다. 하나하나 보면 가구라고 부르기 쑥스러울 정도로 간단하고 밋밋한 것들이지만 같이 모여 있으면 나름 잘 어울린다.

그렇다. 우리 집 살림살이들은 조각보 같다. 버려야 할 자투리 천 조각으로 쓸모 있고 보기 좋은 보자기를 만들 수 있듯이, 초라해 보이던 우리 집 세간 또한 자리를 잡고 나면 수수한 보자기처럼 정이 간다.

사람들은 자기가 사는 집과 닮아 있다. 머리를 단장하고 옷을 고르듯이 집도 치장한다. 요란한 옷차림을 즐기는 사람은 가구나 벽지도 화려한 것을 좋아한다. 유행을 따르는 사람들은 집안 분위기도 시절에 뒤지지 않게 '좋게' 꾸미려고 노력한다.

그렇다면 '좋은' 집은 어떤 집일까? 큰 집? 비싼 집? 새집? 새로 나온 최신 유행 가구로 꾸며 놓은 집? 그것들이 진짜 좋은 것일까? 남들이 모두 좋다고 하는 것이 과연 내게도 좋을까? 요즘 세상에는 좋은 것이 너무 많아서 어떤 것이 내게 맞고 나를 편안하게 해주는지 잘 선택해 받아들여야 한다.

편안한 우리 집의 기운을 다른 이들도 함께 즐기며 나눌 수 있다는 게 정말 고맙다. 우리 아이들의 친구들도 주로 우리 집에 모여서 숙제하고 노는 걸 좋아했다. 대궐같이 큰 자기네 집으로 가지 않고 작은 우리 집에서 복닥거렸다. 동네 고양이들도 멍멍이들도 우리 마당에 자주 왔다. 새들도 뒷마당 나무에 집 짓고 알을 품었고, 그 집에서 새끼들이 태어났다.

　우리 손으로 구석구석 가꾸어 낸 안락한 조각보 같은 보금자리에서.

조각보, 김근희, 한지에 유화

Demarest
•

새 물건은
사지 않기로

미국 생활 중 가장 오래 살았던 집은 뉴저지주, 데마레스트 Demarest 집이다. 그 집에는 계단을 잡아당겨서 열고 올라가는 다락이 있었다. 집 전체 크기의 다락이니, 꽤 넓은 창고였다.

어느 날 뭔가를 올려놓기 위해 다락을 열었다가, 불현듯 그곳에 많은 것들이 쌓여 있다는 생각이 들었다. 나름 검소하게 살아왔어도 해가 갈수록 물건은 늘어났다. 계절이 바뀔 때마다 하나둘 쓰지 않는 물건을 나중에 다시 쓰려고 다락에 올려두었다가 잊어버리기도 했다. 구분해 두기만 하는 건 정리가 아닌데, 어쩌다 이렇게 물건이 쌓이고 말았을까?

뒤돌아보니 아이들이 어렸을 때 연령대에 맞추어 장만한 물건을 사용 시기가 지난 후에도 계속 가지고 있었다. 어떤 물건은 필요할 것 같아서 구매했는데 쓰다 보니 불편해서 다시 새 물건을 산 적도 있다. 이와 달리 원하지 않았는데 생긴 것도 있다. 선물로 받았는데 전혀 내 취향이 아닌 경우다. 마음에 들지 않는다고 해서 선물을 돌려줄 수도 없고, 그렇다고 받자마자 버릴 수도 없어서 그냥 지니고 있었다. 그중에서 활용 가능한 물건은 차근차근 재활용하고 쓰지 않는 물건은 쌓아두지 말아야겠다고 다짐했다.

정리의 시작으로 다른 곳으로 보내면 쓰임이 있을 만한 물건들을 먼저 골라냈다. 음악 CD, 영화 비디오는 도서관에 기증, 상태가 깨끗한 액자는 그림 그리는 학생들에게 나누어주었다. 입지 않는 옷과 가방, 신발은 헌 옷 기증하는 단체로 보내고 사용하지 않는 텔레비전과 CD 플레이어는 교회에 기증했다.

앞으로 필요한 물건이 생기면 현재 가지고 있는 것으로 만들어보기로 했다. 그동안 새 물건은 안 사도, 재료라도 사서 쓰곤 했는데 이제부터 재료도 사지 말고 이미 가지고 있는 것으로만 만들어 보자고 각오를 단단히 했다. 시간은 걸리겠지만 하나씩 정리하다 보면 끝이 있겠지. 내가 어지른 것이니 내가 치우기로 마음먹었다.

새 물건을 안 사기로 마음먹고 나니 더는 뭔가 갖고 싶은 마음도 없어졌다. 지금 가지고 있는 것으로도 충분하고 넘쳤다. 틈틈이 고치고 만드는 동안 긴바지는 반바지가 되고, 깨끗한 부분만 도려낸 낡은 이불은 재료 원단이 되었다. 내가 그렇게 지내고 있다는 소식을 들은 친구가 이메일을 보내왔다.

'언니의 손끝에선 걸레도 보자기가 된다는 사실!'

재활용 바느질로 만든 생활용품

쓸모없음과
쓸모 있음

미국에서는 봄, 가을이면 곳곳에서 거라지 세일Garage Sale이 열린다. 거라지 세일은 학교나 도서관 등의 기금 마련 행사도 있고, 개인 가정에서 하는 야드 세일Yard Sale도 많다. 집집마다 살림 정리를 한 후 필요 없는 물건을 앞마당에 늘어놓고 판다. 이사 가기 전에는 짐을 줄이기 위해 무빙 세일Moving Sale도 많이 한다. 골목에 안내문을 붙이기도 하고, 동네 신문에 광고도 내고, 인터넷 게시판에도 올린다.

우리가 살던 데마레스트 마을에는 매년 봄, 가을마다 마을 한복판에 있는 오래된 기차역 주변에서 도서관 바자회 겸 마을

축제가 열렸다. 100여 년 전 마을이 생길 때 지어진 기차역은 옛날에는 출퇴근용 기차가 다녔다지만, 지금은 가끔 화물차만 지나가는 근대 문화재가 되었다.

데마레스트는 전체 인구가 5천 명이 안 되는 작은 마을이라서 초등학교 교장 선생님이 전교생 이름을 다 외울 정도로 가족적인 분위기였다. 마을 행사가 있는 날은 동네 멍멍이들까지 모두 나와 북적대며 동네잔치를 즐겼다.

한쪽에서는 야외 음악회가 열린다. 아이들이 타고 놀 수 있는 회전목마 같은 작은 놀이기구도 왔다. 학부모회 엄마들은 직접 만든 자신의 고향 나라 음식을 팔고, 판매 수익금은 도서관에 기증했다. 행사 장소에서 가까운 집들은 앞마당에 물건을 늘어놓고, 야드 세일을 펼쳤다.

도서관 바자회보다 더 큰 규모의 거라지 세일은 천주교 재단에서 운영하는 초·중학교St. Joseph Catholic School에서 열린다. 1년에 한 번씩 학생들이 기부한 헌 물건을 판매하는데 그 일대에서는 규모가 가장 컸다. 우리도 학교 거라지 세일에서 살림살이를 장만하곤 했다. 그때 가져온 앤티크 식탁 의자와 양옆이 접히는 고풍스런 티테이블은 아직까지도 우리 집에서 잘 쓰고 있다.

미국의 거라지 세일은 안 쓰는 물건을 쓸 수 있는 사람에게 넘겨준다는 의미의 시장이다. 그래서 값이 저렴하다. 특히 학교에서 하는 기금 마련 바자회는 물건의 질이 좋고, 행사 후 남은 물건을 보관할 장소가 없기에 가격이 정말 좋았다. 마감 시간이 다가오면 30갤런Gallon(113.5리터)짜리 큰 쓰레기 봉지를 3달러에 판매한다. 그 안에 물건을 마음껏 채워갈 수 있다. 그렇지만 싸다고 마구 집어 담는 건 조심해야 한다. 당장 필요하지 않은데 견물생심으로 주워 담으면 남의 집 쓰레기를 우리 집으로 들여오는 격이 된다. 게다가 마지막까지 남은 물건은 상태가 좋지 않으므로, 손질해서 빛이 날 수 있는 숨겨진 보물을 예리하게 찾아내야 한다.

그해 거라지 세일에는 한눈에 들어오는 물건이 없어서 바자회장을 몇 바퀴 돌다가 구석에 고이 접어놓은 의자를 발견했다. 바자회를 돕는 자원봉사자에게 의자를 펴봐도 좋은지 물어보니, 흔쾌히 그러라고 했다. 접이식 의자는 펴 놓고 보니 뜻밖에 흔들의자였다. 접어서 이동할 수 있는 간편한 흔들의자가 마음에 쏙 들었는데, 몹시 낡아 있었다. 손보려면 일이 퍽 많아 보였지만, 어디서도 구할 수 없는 접이식 흔들의자라서 데려오기로 했다. 가격은 3달러!

그렇게 해서 우리 집의 일원이 된 접이식 흔들의자. 묵은 때를 벗기고, 스테인도 바르고 구석구석 못질도 보강하여 지금까지 잘 쓰고 있다.

사람들의 관계가 가까워지기도 하고 멀어지기도 하듯이 사람과 물건의 관계 또한 마찬가지다. 잘 쓰이는 물건이 있는가 하면 자리만 차지하고 전혀 쓸모없는 물건도 있다. 서로 임자를 못 만났기 때문이다.

어딘가에서 다 부서져 가던 물건이 내게로 와서 깨끗한 모습으로 자리를 잡고 나면 참 뿌듯하다. 쓸모없는 물건을 이리저리 고쳐서 다시 쓸모 있게 만들고 난 뒤의 기분은, 새 물건을 샀을 때와는 비교가 안 된다. 세상에 좋은 일을 한 가지 보탠 것 같아 스스로 대견하고, 세상을 감싸고 있는 큰 기운이 그 물건과 나를 잘 연결해 준 것 같아서 고마운 마음이 뭉클 솟는다.

왼쪽 서랍장과 모니터 책상은 버려진 물건을 손질했고,
책상 앞 의자와 오른쪽 흔들의자는 거리지 세일에서 구했다.

나무꾼과
선녀

필요한 가구를 직접 고치고 만들어 쓰게 된 건 데마레스트 집에서부터다. 처음부터 가구를 만들겠다고 일부러 배운 건 아니지만 버리기 아까운 것들을 고쳐 만들다 보니 가짓수가 늘어났다.

시작은 두 아이가 사용하던 이층침대를 개인용 침대로 바꾸면서였다. 원목으로 된 이층침대를 분해하고 나니 반듯한 목재가 많이 나왔다. 목재들을 보면서 요긴하게 쓰일 수 있을 것 같다는 생각이 들었다.

저 나무들로 붙박이 수납장을 만들면 어떨까 싶어서 나무꾼에게 제안했더니, 바로 줄자로 크기를 재면서 도면을 그리기 시작

31

했다. 나무꾼은 어린 시절부터 말보다 그림으로 설명하는 게 더 쉬웠다더니, 역시 그림이 먼저다. 쓱쓱 선을 그으며 선반은 세 단 정도에 문도 달면 좋겠다며 대강 그려낸 도면이 그럴듯해 보였다. 나무는 있는 재료로 충분할 것 같았다. 경첩과 손잡이, 문 안에 붙이는 자석 등의 부속품이 필요했다.

쇠뿔도 단김에 빼라고 말 나온 김에 얼른 홈 디포Home Depot로 향했다. 홈 디포는 집을 짓고 보수하는 데 필요한 모든 재료를 파는 건축 재료 백화점이다. 작은 못부터 배관, 페인트, 마루, 조명, 문, 창문, 지붕 그리고 가전제품에 이르기까지 집에 관한 모든 것을 다 갖추어 놓은 곳이다. 원목에 어울릴 연한 색 동그란 나무 손잡이를 두 개 고르고, 문을 닫을 때 안쪽에서 문을 잡아당겨 줄 자석도 두 세트 찾았다. 경첩은 크기가 다양해서 문 크기를 고려해 신중하게 골라야 했다. 적당한 길이의 나사못도 샀다.

나는 나무를 도면에 맞춰 자르기 좋게 준비해 주었다. 나무꾼은 나무를 잘랐다. 쓱싹쓱싹 톱질해서 전기 드릴로 작은 구멍을 낸 다음, 드르륵드르륵 나사못을 조여 박았다. 먼저 붙박이 선반 세 개를 벽에 붙였다. 문은 경첩을 붙여서 달고, 손잡이를 붙인 다음 안쪽에 자석까지 달았더니 부드럽게 닫혔다.

완성된 수납장을 보니 우리 손으로 만든 것이라는 게 믿어지지 않을 정도로 근사했다. 게다가 버리는 재료로 만들었으니 일석

이조 아닌가! 공간에 맞는 맞춤 가구에 들어간 비용은 손잡이랑 경첩, 자석까지 다 해서 10달러도 안 되는 적은 금액이었다. 아쉬운 점은 옆에 있는 밝은 색 책꽂이랑 색깔이 안 맞는 점이었다. 그 부분을 내가 해결해 보기로 했다.

다음날 나는 장의 표면을 사포로 살짝 갈고, 그 위에 하얀색 아크릴 물감을 묽게 발랐다. 그러고 나니 진한 원목의 색이 가라앉아서 차분해 보였다. 수납장 위에는 시어머님이 만드신 테라코타를 앉히고, 벽에는 아들(당시 중학생)이 그린 그림을 걸었다.

그날 이후 더 이상 만들어진 가구를 사지 않았다. 그전까지는 새로운 가구가 필요하면 어디서 고를까 고민했는데, 이제는 기성품 가구에 마음을 맞출 필요가 없어졌다. 대신 어떻게 하면 우리의 공간에 맞게 만들 수 있을까 궁리하게 되었다.

나무꾼은 나무를 참 좋아한다. 나무를 다듬고 자르고 뚝딱거릴 때는 시간 가는 줄 모르고 무아지경에 빠진다. 그래서 나는 그를 '나무꾼'이라 부른다. 내가 새로운 뭔가가 필요하다고 하면 그는 어느 틈엔가 차고로 내려가 나무를 자르고 있다. 그렇게 나는 새로운 일감에 대한 아이디어를 내고, 나무꾼은 톱질하고 붙이는 목수 일을 한다. 나는 대장 목수 옆에서 나무를 붙잡아 주고 페인트나 스테인 칠을 하는 조수 역할을 한다. 남편은 대장 나무꾼, 나는 조수 선녀. 이렇게 '나무꾼과 선녀' 팀의 생활이 시작되었다.

붙박이 수납장은 이사할 때 가지고 나올 수 없었다.
붙박이 수납장이 있었던 분위기를 스케치로 떠올려봤다.

액자,
그릇장이 되다

부부가 둘 다 그림을 그리는 우리 집에는 언제나 액자가 많다. 그림 액자는 맞춤옷이라서 다른 그림으로 바꾸어 끼우기 어려운데, 그렇다고 멀쩡한 액자를 버릴 순 없으니 가지고 있게 된다. 갖고 있다 보면 언젠가 쓸 일이 생길 수도 있지만, 늘어나는 액자를 다 보관할 만큼 집이 넓지 않아서 빈 액자는 항상 짐스럽다. 안 쓰는 액자를 어떻게 효과적으로 이용하느냐는 늘 우리의 숙제다.

작은 액자들은 사진 액자, 메모 꽂이, 거울 등 벽에 걸리는 용도로 활용되기도 하고, 큰 액자는 나무와 유리를 따로 분리해서 부피를 줄이거나, 절단해 작은 액자를 만들기도 했다.

간혹 전혀 다른 모습으로 탈바꿈하기도 한다. 옛날 목판과 비슷해 보이는 액자는 유리를 빼내고 합판으로 밑받침을 대어 나무 쟁반을 만든 적이 있다. 합판 위에 한지를 붙이고 방수용 풀을 바른 다음 녹차 잔을 올려놓으니 한지 받침과 어울려 보였다.

한번은 분해한 액자의 단단한 목재로 테이블을 만들었다. 납작한 모양에 마무리까지 매끈한 고급 목재여서, 작은 선반용 유리 두 장을 이용해 테이블 상판을 만들고, 유리 아래에 선반을 달았다. 투명한 유리 테이블은 선반에 올라가는 물건에 따라 다른 분위기를 만들었다.

분해한 캔버스에서 나온 납작한 목재로 그릇장 문을 만들었다. 캔버스 목재로 틀을 만들고 집에 있는 나무로 몸체를 만들어서, 투명한 유리문을 만들어 달았다. 그릇장의 높이가 낮아서, 같은 폭으로 된 나무상자를 짜서 밑에 받쳐 놓았더니 키도 커지고 장에 들어가지 않는 큰 물건들도 자리를 잘 잡았다.

가구란 그런 것 같다. 명품을 선호하는 집에서 보면 우리 집 수납 가구는 하찮은 나무 상자로 보일 것이다. 그렇지만 명품 가구가 우리 집에 들어왔다고 상상해 보면 그 또한 어색하다. 무엇이든 자신이 놓일 자리가 있는 법이다.

액자로 만든 나무 쟁반

투명한 유리 탁자는 유리 아래가 훤히 보이는 재미가 있다.

같은 크기의 그릇장을 두 개 만들어서 나란히 붙여 놓았다.
그릇장 아래에는 같은 넓이의 나무 상자를 받침으로 만들어서 큰 물건들을 수납했다.

세상에 단 하나뿐인
우체통

며칠째 눈이 왔다. 하늘에 구멍이라도 뚫린 듯 쏟아졌다. 이틀 동안 '스노 데이Snow Day'라 아이들은 학교에 가지 않아서 신이 났다. 동네 아이들은 플라스틱 보드를 하나씩 들고 학교 운동장으로 눈썰매를 타러 갔고, 마을 사람들은 스키를 신고 길에 나왔다.

큰길은 제설차들이 열심히 눈을 치우지만 작은 골목길에 세워 놓은 자동차는 제설차가 밀어 놓은 눈까지 뒤집어쓰고 파묻혀 버려서, 차를 타려면 발굴해야 할 지경이 되었다. 우리는 집에서 일하니까 이런 날은 눈이 녹을 때까지 움직이지 않으면 되지만 매일 출근하는 이들은 정말 고생을 했다. 날씨가 궂은 날에는 집에서 일할 수 있음이 새삼 고맙다.

굳은 날씨에도 집배원은 어김없이 다녀갔다. 우리는 우편으로 일을 주고받아서 항상 우편물이 많다. 인터넷이 생기고 이메일과 웹하드를 쓰기 전에는 모든 일이 우편으로 이루어졌다. 미국의 동쪽 끝에서 저 멀리 서쪽 끝까지도 하루 만에 배달해 주는 페덱스 Fedex가 우리의 메신저였다. 원고도, 계약서도 우편으로 왔고, 그림책 스케치와 원화도 우편으로 보내고 돌려받았다. 미국은 땅이 넓은 나라이다 보니 멀리 다른 주에 있는 출판사 편집자와 작가가 직접 만나는 일이 거의 없다. 서로 얼굴도 모른 채 전화로 회의하고 우편으로 내용을 주고받는다.

우리 집에는 우리가 이사 오기 전에 설치된 우체통이 있었다. 어느 집에나 흔히 있는 작은 우체통이었다. 우체통이 작으니 우편물이 많거나, 큰 봉투가 배달될 때는 내용물이 구겨지기 일쑤였다. 우리가 보낼 우편물을 우체통에 넣어 두면 집배원이 수거도 해가기 때문에 큰 우체통이 더욱 절실했다. 철재로 만든 큰 우체통을 살까 했지만, 모양이 썩 마음에 들지 않아서 나무로 우체통을 만들기로 했다.

우체통의 모양과 크기에 대해서 궁리를 많이 했다. '예쁜 새집같이 만들어볼까? 큰 봉투가 들어가려면 작은 강아지 집만은 해야 할걸. 비 오는 날 우편물이 젖지 않으려면 지붕에 방수 처리도

해야 할 거야. 굴뚝도 달고, 우편물이 여기 있음을 알려주는 빨간 깃발도 붙여야지.'

이제껏 쓰던 우체통은 집 처마 밑에 있어서 비를 피할 수 있었지만, 집배원이 마당 안까지 걸어와 계단을 올라와야 했다. 그래서 새 우체통은 집배원이 걸음을 줄일 수 있도록 앞마당 입구에 설치하기로 했다. 그러자면 길가에 서 있어야 하니까 비가 새지 않아야 하고, 바람에도 넘어가지 않도록 탄탄해야 했다. 그래서 우체통을 받칠 기둥을 튼실하게 세웠다. 못질하기 전에 구석구석 모서리마다 빗물이 스미지 않도록 나무용 접착제를 꼼꼼히 밀어 넣고, 페인트도 물에 씻기지 않도록 유성 스테인을 발랐다. 문을 동그랗게 파서 손잡이까지 달아 놓으니 앙증맞은 집이 되었다. 마침 우편물을 들고 오던 집배원 토니가 우리의 새 우체통을 보고는 문을 열었다 닫았다 하면서 좋아했다.

"Nice! Good job! Thank you!"

이듬해 봄에는 우체통 밑에 나팔꽃 씨앗을 심었다. 여름이 되어 나팔꽃 줄기가 우체통을 감고 올라가 탐스럽게 꽃을 피워 그 앞을 지날 때마다 눈이 즐거웠다. 우체통은 그 집에서 이사 나올 때 들고 올 수 없었다. 그래서 집을 옮길 때마다 새로 만들어야 했다. 친구가 우리 집 우체통을 보고 이사한 집을 찾았다고 말해주었다.

데마레스트 집 우체통

거울이 된
낡은 창문

뉴욕, 뉴저지 부근에서는 오래된 집을 쉽게 볼 수 있다. 미국은 역사가 길지 않은 나라지만, 100년 넘은 집이 아직도 건재하고 그 집에 사람들이 계속 살고 있다. 그중 특별히 역사적으로 보존 가치가 인정되는 집은 문화재로 지정되기도 한다.

겉으로는 새집처럼 보이는 집도 30~40년은 족히 된 집이 많다. 우리가 살던 데마레스트 집도 1930년도에 지어졌다고 한다. 오래된 집은 문틀과 창틀이 고풍스러워서 우리는 옛날 집을 더 좋아한다. 하지만 집의 나이만큼 단열은 많이 떨어진다.

데마레스트 집에는 창문이 많았다. 해가 잘 들어서 밝기는 한데 겨울에 난방비가 많이 들었다. 모두 새 창문으로 바꾸려니 예산이 만만치 않아서 처음 몇 해는 그냥 지내다가 결국, 우리 손으로 창문을 교체해 보기로 했다. 창문 교체는 나무를 뚝딱 잘라 못으로 연결하는 일반 목공보다 훨씬 어려울 거라고 예상했다. 그래도 홈디포에 가서 길을 찾아보기로 했다.

홈디포의 창문 코너에 가서 기웃거려보니, 창문 교체에 관한 설명이 자세히 나와 있었다. 창문마다 조금씩 크기가 달라서 딱 맞는 크기의 창을 고르기가 어려웠는데, 창문 크기를 재는 방법이 그림으로 잘 설명되어 있었다. 우선 하나만 해보기 위해 설명서를 집으로 가져왔다.

설명서에 나온 대로 크기를 잰 뒤 다시 홈디포에 가서 창문을 하나 사 왔다. 창틀을 먼저 떼어내고, 조심조심 낡은 창문을 빼낸 다음, 새 창문을 끼워 넣고, 다시 창틀을 붙이니 딱 맞는다. 실리콘으로 바람이 들어올지 모를 틈새도 꼼꼼히 마무리했다. "됐다! 됐어!" 그렇게 창문 하나를 시작으로 지하실부터 다락까지 집안의 창문 스물여섯 개 모두를 새것으로 바꿨다.

창문을 바꾸고 나니 집 안 공기가 확 달라졌다. 겨울철에 스미던 한기가 사라지고, 한결 아늑해졌다. 창문으로 집 안 공기까지 바뀌다니, 역시 집은 가꾸기 나름이다. 스스로 바꾼 창문이라서 여닫을 때마다 더욱 뿌듯했다.

떼어 낸 낡은 창문도 언젠가 다른 용도로 쓰일 수 있겠다는 생각이 들었다. 하지만 보관할 장소가 없어서 모두 버리고 지하실 창문 하나만 기념으로 남겼다.

얼마 후, 헌 창문을 이용하여 거울이 달린 옷걸이를 만들었다. 세 쪽짜리 유리를 빼낸 뒤 그 자리에 거울을 끼우고, 창틀과 비슷한 색의 스테인을 발라 색을 맞추었다. 거울 아래에 후크를 달았더니. 모자걸이로 안성맞춤이었다.

창문으로 만든 거울 옷걸이

이동 가능한
큐브 상자

해가 갈수록 책이 늘어난다. 아무리 살림살이를 늘리지 않으려 애를 써도 책과 그림은 점점 많아진다. 우리 둘 다 책과 관련된 일을 하니 그럴 수밖에 없다. 한 권, 두 권 쌓이는 책 무게는 정말 대단하다. 두꺼운 미술책 몇 권만 모여도, 제법 튼튼한 책꽂이가 몇 해를 버티지 못하고 가운데가 내려앉아 휘고 만다.

아주 두꺼운 나무로 튼튼한 책꽂이를 만들면 어떨까? 당분간은 좋겠지만 다음에 그 책꽂이를 옮겨야 할 때가 문제다. 책을 보관하자고 만든 책꽂이 자체가 두고두고 짐이 될 것이다. 어떻게 하면 간단하고 튼튼한 책꽂이를 만들 수 있을까?

미국에서 어느 교장 선생님 댁을 방문했었는데, 그곳에서 인상적인 책꽂이를 본 적이 있다. 거실의 한쪽 벽면이 모두 책꽂이였는데, 벽돌을 양쪽 벽 끝에 쌓아 올리고 긴 나무로 층층이 선반을 만든 것이었다. 우리도 그렇게 할까 하다가 그러자면 무거운 벽돌을 많이 사서 옮겨야 하고 이사 갈 때 그 벽돌이 짐이 될 것 같았다. 벽돌 대신 집에 있는 자투리 목재로 나무 상자를 여러 개 만들기로 했다. 책 크기에 맞게 작은 책, 중간 책, 큰 책 각각 세 개씩 큐브를 만들고 큐브 위에 긴 선반을 올렸다. 선반은 가지고 있던 책꽂이를 분해하여 나온 긴 목재를 활용했다. 못을 하나도 안 썼지만 설치가 간단했고, 다른 장소로 이동하기도 편했다. 나무 상자가 선반 가운데를 받치고 있어서 해를 넘기며 사용해도 휘지 않았다.

얼마 후 책이 늘어나 책꽂이가 더 필요하게 되었다. 이번에는 각각 분리되는 이동식 책꽂이를 만들기로 했다. 마침 길이가 같은 나무 선반이 여러 개 있어서 그것들을 이용해 긴 나무 상자 여섯 개를 만들었다. 여섯 개 모두 같은 크기라서 위로 한꺼번에 같이 쌓을 수 있고, 분리해 놓을 수도 있었다.

그 후에는 자투리 나무가 남으면 같은 높이로 큐브 상자를 만들었다. 상자는 어디에서나 쓸모가 있다. 공간에 따라서 넓게 펼쳐 놓을 수 있고, 위로 올릴 수도 있고, 계단처럼 높이에 변화를 줄 수도 있다. 나무 상자 세 개를 나란히 두고 그 위에 넓은 선반을 배치한 다음 두툼한 방석을 깔면 긴 벤치가 되었다.

　우리가 하잘것없는 작은 나무로 이것저것 만들어내는 것을 보고 이웃들도 가끔 나무를 잘라 달라고 우리 집으로 오곤 했다. 이웃 아주머니들이 나무꾼에게 뭔가를 부탁할 땐 "도사님-" 하고 부른다. 도사나 나무꾼이나 둘 다 산 속에 사는 사람 같기는 한데, 나무꾼보다는 도사가 좀 더 높은 사람처럼 여겨지나 보다. 도사 나무꾼은 남의 집 나무도 기꺼이 잘라주었다.

작은 큐브 상자를 잘 쌓아 놓으면 좁은 공간도 잘 활용할 수 있다.

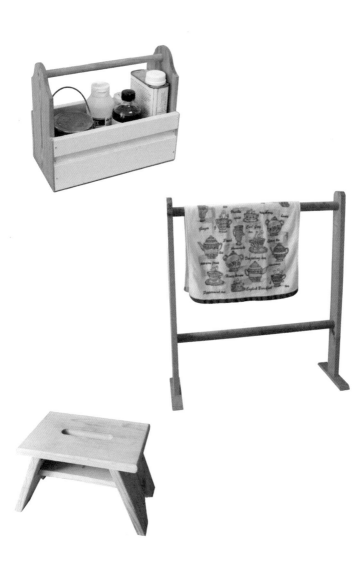

자투리 나무로 만든 소품들

D e m a r e s t

자투리
나무까지

    포장 리본이나 끈을 모아두었다가 바느질할 때 요긴하게 사용한다. 바느질하다가 끈이나 손잡이가 필요할 때 새로 만들려면 천도 제법 필요하고 시간도 걸리는데, 이럴 때 모아둔 끈을 활용하면 여러 가지로 수월하다. 끈은 운동화에 여벌로 들어 있기도 하고, 쇼핑백 손잡이에도 달려 있다. 리본은 선물 상자나 옷 장식에서 떼어 쓸 수도 있다.

    모아둔 끈을 볼 때마다 나무꾼은 툭하면 놀린다. 자기도 같은 마음으로 자투리 나무토막을 버리지 않는다고 한다. 차고에 가 보면 쓸모없을 것 같은 자투리 나무토막들까지 가지런히 모아 놓았다. 하긴 자투리 목재로도 요긴한 소품이 탄생되곤 한다.

가는 목재는 수건걸이가 되고, 짧지만 넓적한 나무로는 작은 발판을 만들었다. 붙박이 후크도 만들어 곳곳에서 잘 쓴다. 손잡이가 달린 작은 정리함도 만들었다.

우리가 늘 무언가를 만들고 있다고 생각하는 이웃들이 우리에게 묻곤 한다. 자투리 나무까지 다 쓰도록 나무만 만지고 있으면, 그림은 언제 그리고 생활은 어떻게 하느냐. 물론 그림 그리는 일이 우선이고 목공이나 바느질은 자투리 시간에 하니 아무 문제가 없다.

원재료를 분해해서 무언가를 다시 만드는 일은 지출 없이 넉넉한 마음을 갖게 한다. 하지만, 그 일로 생활을 유지할 수는 없다. 본업인 그림 일을 하면서 그림 스케치를 출판사에 보내고 답이 올 때까지 기다리는 시간에 만드는 즐거움을 누린다. 스스로 원해서 재미로 하는 일이니, 일이라기보다 놀이로서의 즐거움이 더 크다. 자투리 재료를 이용해서 자투리 시간에 만들고, 직접 만든 물건을 매일 사용할 수 있으니 성취감도 생기는 즐거운 놀이다.

엘리와
윌리

엘리는 딸아이가 초등학교 5학년일 때 학교 선생님 댁에서 입
양한 뒤 우리 가족이 되어 8년간 함께 살았던 기니피그Guinea Pig
의 이름이다. 담임선생님이 키우는 기니피그가 새끼를 낳아서 모
두 여덟 마리나 되니 키우고 싶은 학생은 신청하라고 했단다. 오래
전 햄스터 세 마리를 키우다 장례식까지 치렀던 기억에 앞으로 털
있는 짐승은 다시 키우지 않기로 작정하고 있었다. 그러나 동물
애호가인 딸은 기니피그 밥 주는 일부터 청소까지 자기가 알아서
하겠다며 막무가내로 우리를 졸라댔다. 기니피그는 햄스터보다
밥도 많이 먹고 집도 많이 어지를 텐데⋯ 그리고 몇 년 후 수명을

54

다해 죽게 될 때는 딸이 마치 수도꼭지를 튼 것처럼 울 텐데….

반려동물이 집에 있어서 예쁘고 좋은 것은 잠깐이다. 여러 가지 번거로운 일들이 먼저 떠올라 영 내키지 않았다. 많은 책임을 딸이 지겠다는 약속 아래 하는 수 없이 기니피그 한 마리를 데려왔다. 엘리는 여러 기니피그 중 이미 한 살을 먹은 엄마 돼지였다. 몸의 윗부분은 하얀 털이고 아랫부분은 밤색 털에 끝에는 까만 털로 약간의 포인트까지 가진 정말 예쁜 기니피그였다. 예상대로 햄스터에 비해 먹기도 많이 먹고, 배설물도 많았다. 그래도 딸이 책임감 있게 엘리를 챙겨서 힘든 일 없이 3년 동안 잘 지냈다.

그런데 어느 날, 엘리가 병이 났다. 밥도 안 먹고 가늘게 소리를 내며 울고, 소변에 피가 섞여 나왔다. 동물 병원에 데려 갔더니 요도에 돌이 생긴 것 같다고 해 엑스레이를 찍어 확인했다. 펫 숍 Pet shop에서 파는 기니피그 사료 때문에 흔히 생기는 병이라고 했다. 수술로 돌을 제거해야 한다고 한다. 엑스레이와 수술에 드는 경비가 900달러 정도였다. 예산에 없던 큰 병원비가 나가야 했다. 그때 엘리의 나이는 이미 만 네 살이었다. 기니피그의 평균 수명이 4~5년 정도라고 하니, 수명이 다해서 병에 걸렸다고 생각하고 큰 돈을 쓰지 말까 하는 생각이 은근히 들었다. 그에 반해 기니피그를 새로 입양하는 데 드는 비용은 15달러 정도였다. 그러나 이미 우리 집에 들어온 생명인데 그냥 죽도록 내버려둘 수 없었다. 가족회의 끝에 다음 날 수술시키기로 결정했다.

오전에 엘리를 병원에 데려다주고 위험한 수술이니 수술 도중 죽을지도 모른다는 종이에 서명을 하고 나왔다. 그날 오후 병원에서 전화가 왔다. 다행히도 수술이 잘 끝나서 돌을 꺼냈다는 반가운 소식이었다.

엘리는 수술 후 하루 더 병원에 입원해 있었다. 그 후 일반 사료는 더 이상 먹으면 안 되고, 동물 병원에서 파는 유기농 풀과 사료를 먹어야 했다. 수술 후 빠른 회복을 위해서 맛있는 채소를 많이 사다 주었다. 그랬더니 버릇이 나빠져서 맛없는 풀을 주면 쳐다보지도 않는 깍쟁이 짓을 했다. 막내딸이 하나 더 생긴 셈이었다. 그래도 딸이 좋아하는 모습을 보니, 큰돈은 썼지만 잘했다는 생각이 들었다. 귀여운 모습을 보자고 데려올 땐 언제고, 아파서 죽어 가는데 모르는 척하는 것은 도리가 아니라는 생각이 들었다. 잠시라도 머뭇거렸던 내 마음이 부끄러워졌다.

우리 집 부엌에는 뒷마당으로 난 큰 유리문이 있다. 뒷마당을 오가는 여러 동물이 보인다. 매일 꾸준히 살피다 보니, 다람쥐도 낯익은 얼굴이 지나다니고, 토끼와 새들도 분주히 드나든다.

뒷마당에는 우리가 이사 오기 전부터 제법 큰 구멍이 하나 있었다. 그 구멍 속에는 우드척Woodchuck, 다람쥐과에 속하는 뚱뚱한 동물이 한 마리 살고 있었다. 우드척은 생긴 모습은 기니피그와 비슷하지만, 몸집이 크고 꼬리가 있다. 멀리서 얼핏 보면 작은 야생 곰처럼 보일 정도의 크기에 털 색깔도 그렇다. 몸집이 큰 초식동물이니 우리 집 마당의 풀들이 남아날 리가 없다. 풀 뿐만 아니라, 예쁘게 핀 꽃들까지 무참히 잘라 먹고 꽃밭을 마구 밟아버린 모습을 보면 화가 나기도 했다. 그중에서도 특히 도라지를 좋아해서 싹만 나면 먹어 치우는 통에 해마다 씨를 심었지만 꽃조차 보기 어려웠다.

텃밭 농사를 짓는 지인에게 조언을 구했더니, 우드척이 나왔을 때 마당에 달려 나가, "이놈!" 하고 소리를 치라고 했다. 그렇지만 그 우드척이 우리보다 먼저 그 땅에 살고 있었다. 그래서 쫓아낼 수도 없어서 그저 참으며 지냈다.

그런데 그에게 가족이 생겼다. 봄부터 우드척 두 마리가 나란히 구멍에서 밖을 내다보기 시작했는데, 원래부터 있던 우드척은 털 색깔이 진한 갈색이고 여자 친구로 보이는 우드척은 털 색깔이 연하고 얼굴이 갸름해서 멀리서 보아도 어울리는 한 쌍이었다. 그로부터 석 달쯤 후, 그 구멍으로 드나드는 우드척 가족이 여럿 되었다.

우리끼리 우드척 얘기를 하다가 의사소통의 편의를 위해서 이름을 붙였다. 처음부터 그곳에 살던 애는 월리 수컷, 가끔 그 구멍으로 얼굴을 내미는 털 색깔이 조금 엷은 애는 월마 암컷, 가끔

씩 오는 몸집이 크고 등에 흉터가 있는 아저씨 우드척은 윌슨, 그 밖에 작은 애들은 윌도, 윗비, 위트니 등으로 이름을 붙였다.

우드척 식구가 많아지니, 마당은 말이 아닐 수밖에 없었다. 뒷마당에는 우드척이 안 먹는 깻잎만 남아서 온통 깻잎 밭이 되었다. 내년부터는 우드척이 가까이 오지 못하도록 큰 나무 화분을 만들어 놓고 씨를 뿌려야겠다는 생각까지 했다. 울타리 개념이 없이 자유롭게 돌아다니며 먹이를 구하는 프리랜서 야생동물이 우리의 또 다른 이웃이 되었기 때문이다.

아침, 저녁 우리의 식사 시간에 부엌 유리문 옆에 있는 바구니에서 엘리도 같이 밥을 먹었다. 엘리는 유리문 안에서, 우드척 윌리는 유리문 밖에서, 동시에 밥을 먹는 때도 있었다. 모습도 비슷한 두 동물이 유리문 하나를 사이에 두고 하나는 반려동물로, 다른 하나는 야생 동물로 사는 것을 보고 있으면 여러 생각이 교차하곤 한다.

반려동물이란 타고난 자신의 운명으로 평생을 집안에서 사람들과 같이 보낸다. 물론 생활의 안정은 보장받지만, 밥도 주는 대로 먹어야 하고 자신의 의지로 삶을 결정할 권리는 전혀 없다. 반면 야생동물은 항상 위험이 도처에 도사리고 있지만, 무한한 자유가 있다. 자신의 거처를 알아서 골라야 하고, 적으로부터 안전하게 자신과 가족을 지킬 수 있도록 항상 촉각을 곤두세우며 산다. 매 순간 살아 있음을 느끼며 산다.

　사람들은 여러 가지 이유와 방법으로 많은 야생동물을 반려동물로 만들어 함께 살고 있다. 그 많은 반려동물에게 만일 선택의 자유가 주어진다면, 과연 계속해서 반려동물로 남을까, 숲으로 돌아갈까 생각해 본다. 그리고 야생동물들에게도 생활과 신변 보장을 해준다면 반려동물 생활을 해 보겠는가도.

　그럼, 오늘을 사는 우리는 반려동물로 살고 싶을까, 야생동물이 되고 싶을까? 자유란 그만큼의 대가를 치르고 얻어지는 것이니 말이다.

기니피그 엘리

우드척 윌리

니어링처럼
사는군

미국을 방문한 친구가 우리 집에 들른 적이 있었다. 늘 우리가 먹던 대로 간단히 점심을 차려서 대접했다. 점심을 먹으며 친구가 우리에게 말했다. "니어링처럼 사는군."

니어링이 누굴까 궁금한 마음이 들었다. 인터넷에 검색해 보니 니어링은 스콧 니어링Scott Nearing과 헬렌 니어링Helen Nearing 부부이고, 그들이 남긴 책이 있었다. 『Leaving the Good Life』, 『Loving and Leaving the Good Life』, 『The Good Life Picture Album』, 『Our Home Made of Stone』 같은 니어링 부부의 소박한 삶의 모습이 담긴 글을 읽고 사진을 보다 보니 이미 세상을 떠난 분들이지만, 그분들이 살았던 흔적이라도 직접 보고 싶은 마음이 들었다. 인터넷 검색을 통해 그들이 거주하던 〈더 굿 라이프 센터The Good Life Center〉를 찾았다. 뉴저지 우리 집에서 메인주, 하버사이드Harborside까지 가려면 자동차로 열두 시간 정도 예상되는 먼 길이었다. 그래도 가보자!

자동차로 온종일 달려 메인주에 다다랐다. 숙소에서 하룻밤을 자고 다음 날 아침 일찍 인터넷에 나온 길 안내대로 꼬불탕꼬불탕 시골길을 달려갔다. 한적한 길가에 '니어링 굿 라이프 센터 Nearing Good Life Center'라는 우편함이 보였다.

우체통 건너편으로는 작은 만처럼 보이는 바다가 아늑하게 들어와 있었다. 공터에 차를 세우고 시계를 보니 열두 시 반이었다. 일반인이 예약 없이 방문할 수 있는 시간은 오후 한 시부터여서 그전까지 시간을 보내려고 바닷가 쪽으로 걸어갔다. 책에서 봤던 곳이라 처음 왔는데도 낯설지 않았다. 얕은 바닷물에서, 듬성듬성 자라고 있는 해초를 보니 이 바닷가에서 스콧 니어링이 해초를 건져 올려 퇴비를 만드는 데 썼다는 문장이 떠올랐다.

한 시가 다 되어서 슬슬 니어링 집 쪽으로 걸어가 보니 한 청년이 차고 겸 목공실 같은 곳에서 자전거를 손보고 있었다. 손 인사를 했더니 들어가서 마음대로 보라고 한다. 자율입장료 함에 성의 표시를 하고 안마당으로 들어갔다.

니어링 부부가 살던 집 우체통. 굿 라이프 센터가 되었다.

이곳을 보기 위해 열두 시간 넘게 먼 길을 달려왔으니 마음속에 많이 담아 가고 싶었다. 천천히 걸음을 옮겼다. 정돈된 농사터, 토마토가 덩굴을 뻗는 온실, 통나무로 외곽을 두르고 단정하게 쌓아 올린 퇴비 더미, 가지런한 장작…. 돌로 튼실하게 만든 울타리도 만져보고, 바다가 내려다보이는 통나무 의자에도 앉아 보았다.

우리끼리 시간을 보내고 있노라니, 자전거 고치던 청년이 다가와 질문은 없냐며 오늘의 견학객은 우리뿐인 것 같다고 했다. 자신은 1년 예정으로 그 집을 지키는 관리인이라고 소개했다. 어떤 연유로 이곳에 구경 왔는지 우리에게 물었다. 간단히 우리 소개를 하고 그동안 읽은 니어링의 책에 대해 말하니, 미리 공부를 많이 하고 왔다며 좋아했다.

그 청년의 안내를 받으며 밖을 다시 둘러보았다. 여름에도 시원한 메인주의 기후에서 농작물이 자라려면 일조량이 중요하다고 했다. 키가 다른 농작물이 빛을 잘 쬘 수 있도록 줄지어 심어져 있었다. 어쩜 그리도 깔끔하게 정돈되어 있는지 농작물 밭이 아니라 정갈하고 아름다운 정원 같았다.

하얗고 붉은 꽃이 한창이었다. 무엇이냐고 물었더니 감자꽃이라고 답했다. 흰 감자는 흰 꽃, 붉은 감자는 붉은 꽃이 핀다는 설명을 들었다. 우리는 그런 쪽에는 모르는 거 투성이었다. 감자 꽃이 이렇게 예쁜 줄도 몰랐고, 감자 색마다 꽃 색깔이 다른 줄도 몰랐으니.

마당에서 대학생으로 보이는 젊은이 두 명을 만났다. 여름 방학 동안 이곳에 머물면서 유기농 농사를 익히러 온 인턴들이라고, 안내하는 청년이 귀띔해 주었다. 자기를 비롯해 그곳에 사는 사람들은 지난날 니어링 부부가 살던 때와 똑같이 생활하고 농사를 짓는다고 했다. 그 집에서는 굿 라이프 센터 재단의 여러 모임이 열리는데, 주로 환경 보호에 관한 토론이나 유기농 농사법, 자급자족에 필요한 적정기술을 배우는 일 등이라고 설명해 주었다.

부엌으로 통하는 문으로 들어갔다. 부엌 천장에 큰 천창이 나 있고, 천장을 가로지르는 대들보에 옥수수와 마늘, 말린 풀과 꽃이 매달려 있었다. 채광이 좋고 통풍과 환기도 되니 음식을 건조하고 보관하기에 딱 맞은 부엌 구조였다.

서재로 발을 옮겼다. 니어링 부부가 읽던 책, 일할 때 끼던 장갑, 벽에 걸린 그림, 그리고 바이올린…. 눈으로 삶의 흔적들을 담아내느라 바빴다. 그러나 마음은 점점 더 경건해졌다.

거실 창가의 긴 걸상에 잠시 걸터앉으니 멀리 바다가 보였다. 청빈하게 살다간 노부부의 평화로운 어느 오후가 느껴졌다. 소박한 삶, 물질로 이룰 수 없는 마음의 풍요! 한 시간 정도 더 머물다가, 아쉬운 발길을 돌렸다.

돌아오는 길은 뿌듯했다. '멀지만 역시 와 보기를 잘했어!' 에너지를 가득 받은 느낌이었다. 그동안 조금씩 바뀌던 우리의 라이프스타일에 대한 생각이 더욱 확고해졌다. 다수의 사람들이 쫓아가는 유행의 흐름에 역행하며 자발적으로 사는 일에 대해 용기가 생겼다. 우리들의 검소한 삶에도 자부심이 생겼다.

더욱 간단히,

더욱 소박하게.

니어링 부부가 살던 집 근처의 바닷가

나무를 그리며,
나무를 만지며

•

이담

길을 가다 보면 나무가 보인다. 어떤 나무들은 무리를 이루어 옹기종기 모여 있고, 어떤 나무는 외톨이처럼 혼자 서 있기도 하다. 나무가 사는 모습도 사람 사는 것과 별 차이 없는 것 같다. 사람이 태어나는 순간부터 자신의 운명이 시작되는 것이라면 스스로 움직일 수 없는 나무들이야말로 심어진 그 자리가 자신의 시작점이며 마지막이 될 테니까.

길가에 살기 때문에 가로수라는 이름으로 불리는 나무들은 그 도시의 특성처럼 나름 느낌이 있다. 가로수는 끊임없이 뿜어내는 자동차 배기가스에도 굴하지 않고 여러 해의 겨울을 이겨 내면서 뿌리를 내린다. 고층 건물의 그림자 속에서도 햇빛을 받으려고 가지와 잎을 곤두세우며 위로 올라가지만, 전신주를 연결하는 복잡한 전깃줄 때문에 이 또한 쉽지 않다. 한쪽 어깨, 심지어 반쪽 얼굴이 잘린 불구의 모습으로 서 있는 나무도 있다. 그래도 완전히 뽑혀 나가는 것보다 나은 걸까? 도시의 나무는 그 도시에 사는 사람들의 또 다른 얼굴이다.

죽지 못해 사는 것처럼 보이는 도시의 나무를 볼 때면 소외된 채 살아가는 사람들의 모습이 느껴진다. 아무도 거들떠보지 않는 구석진 곳, 도시의 매연 속에서도 꿋꿋이 살아가는 저 나무들은 어쩌면 도시의 인간들에게 마지막 희망이며 위안이 아닐까? 그 마지막 희망과 위안을 위해 나는 그림을 그린다. 추운 겨울 삭막한 도시의 한구석에 비추어지는 실핏줄처럼 가느다란 햇빛 한줄기에서도 희망을 볼 수 있다고 믿기 때문에.

나무를 그리면서 점점 더 나무와 가까워졌을까? 나는 나무를 이용해 필요한 것들을 만든다. 삶의 터를 옮길 때마다 다시 고쳐 만들기에 가장 편한 재료가 바로 나무다. 새로 이사한 집 구조와 맞지 않아 쓸모가 없어진 가구를 분해하거나, 집의 구조를 바꾸고 싶어 부분적으로 벽을 헐거나, 붙박이 선반을 뜯어냈을 때 생기는 목재들은 좋은 재활용 재료들이다. 나무가 크면 톱으로 잘라내고, 작으면 나사못을 써서 이어 붙인다. 그래서 작은 토막 하나도 버릴 게 없다. 무언가 만들다 보면 어딘가에 꼭 쓰이기 때문이다. 마지막 남은 작은 조각까지도 벽난로 속의 땔감으로 요긴하게 쓰이고, 타고 남은 재는 텃밭의 흙을 이롭게 한다. 정말 나무는 마지막 사라지는 순간까지 세상에 도움을 주고 간다.

재활용 목공은 하면 할수록 우리에게 기쁨과 보람을 준다. 쓸모없이 버려질 운명에 처한 나무토막 하나를 잘 손질하고 다듬어서 가구나 선반의 한 부분으로 탈바꿈시켰을 때 나무가 느낄 기쁨까지 같이 느낄 수 있다.

일하는 내내 나무토막 하나하나와 이야기하듯 삼매경에 빠지다 보면 시간 가는 줄 모르게 된다. 나무를 그리며 희망과 에너지를 느낀다면, 나무를 만지고 뚝딱거리는 과정에선 기쁨과 함께 위안을 얻는다.

도시의 나무, 이담, 왁스페인팅

2. 스스로 배우며

Westwood

텃밭 가꾸기
쉽지 않네

우리에게 텃밭 일구기의 즐거움을 일깨워 주신 분은 우리와 가까이 지내는 치과 의사 선생님이다. 본업은 치과 의사지만 집 뒷마당에 큰 텃밭을 가꾸어 이웃에게 싱싱한 채소를 나누어 준다. 우리도 그 덕을 톡톡히 보는 터라 씨앗과 모종도 얻어가며 텃밭의 꿈을 키워갔다. 선생님은 한창 농사철에는 치과 진료 시간을 늦추고 아침 시간을 비워둘 정도라서 농부가 본업이고 의사는 부업처럼 보였다. 여름이면 볕에 그을린 얼굴에 건강한 웃음이 가득했다.

우리도 몇 해 전부터 시작한 텃밭 농사에 재미를 붙이기 시작해 채소 키우는 즐거움이 점점 자라고 있다. 해를 거듭할수록 씨

오후, 김근희, 수채화

앗은 늘어가고, 텃밭은 한 뼘씩 넓어졌다. 여러해살이풀이 자리 잡아 다음 해에 어김없이 고개를 내밀고 옆으로 퍼져가는 모습이 잘 자라는 아이처럼 대견해 보였다. 두 해 전, 씨앗을 뿌렸던 꽈리가 드디어 열매를 맺었을 때의 기쁨은 말로 표현할 수 없었다. 가을이 되어 초록색 꽈리들이 주황빛으로 색을 바꾸자 랜턴lantern이라는 미국식 이름처럼 우리 집 앞을 환히 밝히는 초롱이 되었다.

한 번만 자기 마당에서 수확한 채소를 먹어보면, 채소를 사 먹던 시절로 돌아가고 싶지 않아진다. 아무리 싱싱한 채소도 집에서 직접 키운 것과는 맛이 다르다. 그 차이는 우선 신선도에 있다. 생산지에서 장까지 오려면 아무리 빨라도 며칠은 걸린다. 물론 모든 음식 재료를 자급자족할 수 없지만, 푸성귀나 채소 같은 것들을 직접 키워 먹을 수 있다면 얼마나 좋을까. 게다가 마당에 과일나무가 있어서 철마다 열매를 맺는다면.

점점 커지는 텃밭의 꿈을 안고 우리는 웨스트우드Westwood 집으로 이사를 했다. 먼저 살던 데마레스트 집은 마당이 작아서 텃밭 농사를 하기에 비좁았기 때문에, 이번에는 집은 작아도 마당이 넓고 마당 끝자락에 개울도 흐르는 경치 좋은 집을 선택했다.

이사 오면서 꽈리는 뿌리째 옮겨 심고, 여러해살이풀도 데리고 왔다. 돌아오는 봄에는 넓은 마당 가득 온갖 채소를 키울 야무진 꿈을 가졌다. 그런데, 이듬해 봄이 되어 보니 마당 한복판에 있는 큰 나무 그늘에 가려서 농작물이 자랄 만큼 일조량이 충분하지 못했다. 집 보러 왔을 때는 나뭇잎이 다 떨어지고 빈 가지만 있는 계절이어서 미처 생각지 못했던 변수였다.

아, 이 난감함! 그 나무는 우리보다 먼저 이 터에 자리 잡은 고참이니, 수령 높은 고목을 자를 수는 없는 일. 게다가 개울 건너에서 수시로 찾아오는 야생동물 때문에 채소는 고사하고 꽃도 하나 남아나지 않았다. 그 개울이 상수원 보호지역으로 지정되어 오염 없이 경관이 좋은 것은 말할 나위 없지만, 경치 값을 톡톡히 치러야 했다. 여러 가지 시행착오를 겪으며 한 해를 지내다 보니 그 마당에서는 텃밭이 불가능하다는 것을 알게 되었다. 그저 땅만 넓으면 농사가 되는 줄 알았으니, 소박한 농사꾼 되기가 이렇게 힘들 줄이야.

채소가 자랄 수 없음을 알고 난 다음부터 우리의 마음은 벌써 그 땅에서 멀어지고 있었다. 이사 온 지 1년밖에 되지 않았기에 서로 먼저 말은 꺼내지 않았다. 하지만, 우리 둘은 벌써 그곳을 떠나고 싶어 했다. 먹을 것도 나오지 않는 저 넓은 땅을 뭐에다 쓴담. 여름이면 풀 깎아야지, 가을이면 낙엽 치워야지, 집은 작아도 땅이 넓어서 세금은 또 얼마나 많이 내는지. 아! 우리가 그리는 초원의 집은 과연 어디에 있을까?

웨스트우드 집의 넓은 마당

어려운
장작

시골길을 달리다 보면 집 한편에 작은 나무토막을 가지런히 쌓아 놓은 풍경이 눈에 들어온다. 다가올 겨울을 위해 땔감을 준비해 놓은 모습이다.

서울에서 태어나 줄곧 서울에서만 살던 우리는 장작을 직접 자르고 태우기 전까지 그런 광경이 눈에 들어오지 않았다. 하물며 장작이 얼마만큼 있어야 한겨울을 날 수 있을지 가늠조차 할 수 없었다. 니어링의 책을 읽을 때 버몬트주에 사는 남편들이 겨울에 장작을 준비해 놓지 않으면 이혼 사유가 될 수 있다고 했을 때도 감이 잡히지 않았다. 장작이라고 하면 그저 캠프파이어나 벽난로 안에서 보기 좋게 타오르는 불꽃만 떠올릴 뿐이었다.

새로 이사한 웨스트우드 집에는 아담한 벽난로가 있었다. 처음 집을 보러 왔을 때, 벽난로가 괜히 좋아 보였다. 겨울이 되면 벽난로 옆에서 책을 보거나 뜨개질하는 따뜻한 풍경을 상상했다. 그런데 막상 장작을 한 단 사서 불을 붙여 보았더니 30분 만에 다 타 버리고 말았다. 이렇게 허무할 수가! 이래서야 벽난로가 어떻게 난방 수단이 될 수 있을까?

아니야, 뭔가 다른 길이 있을 거야. 다음에는 농원에서 파는 장작을 한 트럭 주문했다. 겨우내 땔 생각으로 비용을 지불했다. 이른 아침 농원 차가 와서 장작 한 트럭을 앞마당에 쏟아 놓았다. 아침 먹고 나서부터 장작에 묻은 흙을 털고 장작더미를 쌓기 시작했는데 해가 질 무렵까지도 일이 끝나지 않았다. 어두워지기 전에 끝내려고 허리도 못 펴고 일하는데 앞집 할머니가 와서 한마디 거들었다. "Not easy!" 자기도 처음에 한 번 해보고, 다시는 장작을 안 땐다는 거였다.

겨울 동안 우리를 따뜻하게 해주리라 기대했던 그 장작들은 불과 한 달도 못 되어 다 타버렸다. 열효율 낮은 벽난로를 겨울의 난방 대체 수단으로 기대했던 것이 잘못된 계산이었다. 한국의 온돌처럼 아궁이에 장작 몇 개만 지피면 밤새 따뜻할 줄 알았는데…. 게다가 벽난로의 불을 꺼뜨리지 않으려면 계속 불을 지켜야만 했다. 잠시라도 신경을 쓰지 않으면 재가 되어 버리니 불을 보는 일은 아기 보는 일보다 더 까다로웠다.

그나마 장작이 타는 동안 감자, 고구마, 달걀도 굽고, 피자도 은박지에 싸서 구워 먹었던 일은 즐거운 추억이었다. 냄새가 벽난로 굴뚝으로 잘 빠져서 생선도 종종 구워 먹었다.

이듬해에는 나무꾼과 그의 아내로서 각오를 단단히 했다. 일찌감치 장작 준비를 시작했다. 지난겨울의 경험으로 인해 장작을 구매해서 난방용 땔감으로 대는 것은 배보다 배꼽이 더 크다는 것도 이미 알았다. 1년 동안 버려진 나무들을 주워서 땔감을 마련하기로 했다. 주로 큰 비가 지나가고 나면 넘어진 나무나 굵은 나뭇가지들이 공짜로 생겼다. 그런 나무들은 우리 마당에도 있고, 이웃들도 그런 나무토막을 집 앞에 내놓기 때문에 필요한 만큼 가져왔다.

가을이 되니 그렇게 모아들인 통나무가 쌓여서 겨울 동안 쓸 수 있을 만큼은 되어 보였다. 그리고 지난 경험을 거울삼아 장작만으로 난방을 해결하겠다는 무모한 시도가 아니라 겨울을 더 따뜻하게 지내는 보조 난방으로 쓰자는 현실적인 계획을 세웠다. 역시 실패는 성공의 어머니다.

아침마다 나무꾼이 장작을 팼다. 탁. 탁. 도끼질 소리가 뒷마당을 울렸다. 추운 날도 도끼질을 30분 하고 나면 땀이 나고 아침 공기가 상쾌하다고 나무꾼이 말했다. 언제가 될지 모르지만, 산속에 들어가서 자연을 벗 삼아 니어링이나 소로 같이 살아보는 게 꿈이었으니 그 꿈을 향해 예행연습을 하는 기분이 들었다.

그렇게 겨울을 두 번 지내고 나서 나름 답을 얻었다. 벽난로를 이용한 난방은 집을 지을 때부터 계획하여 집 안으로 난로를 들여앉혀야 효율 있는 난방 수단이 되는 것이었다. 장식으로만 지어진 벽난로는 난방 수단으로 불가능하단 걸 알게 되었으니 그것만 해도 값진 교훈이었다. 다음에 혹시 더 시골로 집을 옮길 때는 반드시 참고해야 하는 사항이었다.

그리고 추운 곳에서는 나무꾼이 그림을 그릴 때 쓰는 재료인 왁스페인트가 빨리 딱딱해져서 작업하기 불편했다. 막연히 생각했던 뉴욕주 산자락은 너무 추울 것 같고…. 마음은 벌써 멀리 숲속으로 가 있고….

우리는 이제 어디로 가야 하나?

마당에 쌓아둔 장작

선물을 위한
쇼핑은 그만

미국에서 맞이하는 여러 명절 중에서 가장 화려한 시즌은 역시 크리스마스다. 크리스마스 날까지 차곡차곡 선물 상자를 모았다가 그날 아침 가족이 모여 트리 아래에 놓인 선물을 열어보며 즐거워하는 풍경은 1년에 한 번 돌아오는 행복한 추억이다.

11월 네 번째 목요일인 땡스기빙Thanksgiving이 지나고 나면 거리마다 크리스마스 음악이 울린다. 화려한 크리스마스 분위기에 사람들의 마음이 들떠 있는 틈으로 온갖 선물들이 우리를 유혹한다. 올해 크리스마스 선물은 또 무엇을 준비하나? 선물용품을 소개하는 전단이 집으로 배달되고, 수많은 할인 광고를 보면서도

웨스트우드 집 크리스마스 트리

마음은 편치 않다. 예산은 뻔하고, 이곳저곳 돌아다니며 알뜰 쇼핑할 일을 생각하면 미리부터 피곤하다.

우리도 때가 되면 이렇게 물건을 구매해 선물하곤 했다.

지난해와 중복되지 않게 준비하려고 열심히 아이디어를 자아냈다. 그러다가 어느 때부터는 생각을 달리하게 되었다. 이렇게 물물교환식으로 물건을 주고받아야 마음의 표시가 되는 걸까? 가끔 선물 받고 마음에 들지 않는 경우도 있는데, 받을 사람의 성격과 주는 사람의 취향이 일치하지 않을 때는 세상에 쓸모없는 물건만 더 생기는 건 아닐까?

갑자기 머릿속에 전깃불이 반짝 들어온 것 같았다. 정말 꼭 주고 싶은 사람에게 그 사람만을 위해서 정성껏 만든 선물을 하는 게 어떨까? 별거 아니더라도 내 손으로 직접 만들면 좋지 않을까?

첫해에는 자투리 헝겊으로 주머니를 만들었다. 여행 짐을 꾸릴 때 속옷이나 양말을 넣는 작은 주머니였다. 자투리 천 중에서 선물 받는 사람들이 좋아할 색과 무늬를 생각하며 주머니를 만들었다. 선물 받은 사람들은 자기만을 위해 정성을 들인 선물에 고마워했다. 큰 비용을 들인 게 아니니 부담이 없다며 좋아했다.

한 해, 두 해 새로운 뭔가를 만들어갔다. 그중 빈 액자를 이용한 것이 많았다. 그림을 끼우기는 너무 작지만 버리기 아까운 나무로 앙증맞은 미니 액자를 만들었다. 그림 넣을 용도가 아니라서 어떤 것은 조각보처럼 각 면을 각기 다른 색으로 맞추어 만들었더니 더 재미있는 액자가 만들어졌다.

미니 액자는 거울도 되고, 사진을 끼울 수 있는 사진틀도 되었다. 큰 액자는 유리를 빼내고 뒤판에 한지를 붙이거나 두꺼운 종이 보드를 대고 그 위에 리본으로 줄을 엮어서 메모꽂이로 만들었다. 그렇게 만들어진 거울, 사진 액자, 메모꽂이는 집 안 곳곳에서 유용하게 쓰였고, 선물로 보내기도 했다.

해마다 작은 소품을 만들어냈지만, 집에서 만들 수 있는 선물에는 한계가 있어서 끊임없이 새로운 것을 개발하기는 어려웠다. 새로 만난 분께는 미리 만들어둔 선물을 보낼 수 있지만 오래된 사이에는 중복해서 같은 종류의 선물을 하기도 마음이 편치 않았다. 그러다 보니 선물을 주고받는 일이 줄어들었다. '선물'이라는 습관에서 자유로워졌다고 할까? 오히려 작은 짐 하나를 내려놓은 기분이 들었다.

그다음 해 크리스마스에는 온 가족이 각자 한 접시씩 먹을거리를 만들어 저녁 식사를 했다. 우리 식구끼리는 앞으로 선물에서 자유로워지자고 했다. 꼭 크리스마스가 아니라도 서로 생각나면 뭔가를 주기도 하고 받을 수도 있으니 굳이 크리스마스를 선물 교환의 날로 정하지 말고, 가족이 한자리에 모이는 것을 서로의 선물로 하기로 정했다.

자투리 천으로 만든 주머니

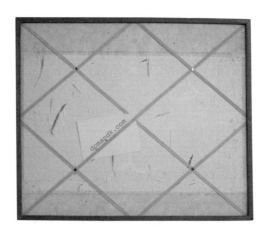

헌 액자로 만든 메모 꽂이

·

버려진
물감

그림 그리는 팔레트 옆엔 항상 걸레가 있다. 그림 그리는 동안 붓에 묻은 물감이 살짝 무거울 때마다 걸레에 닦아내곤 한다. 한참 집중해서 그리고 나면 그림 옆에 놓아둔 걸레에 물감이 많이 남는다. 같은 튜브에서 나온 물감이지만 어떤 것은 그림이 되고, 어떤 것은 걸레에 묻혀 버려지고 만다.

걸레에 버려진 물감이 모두 그림에 올라갔으면 어떻게 되었을까? 너무 두껍고, 무거운 부담스러운 그림이 되었을 것이다. 걸레에 덜어낸 물감이 있기에 알맞은 그림이 되었으니, 그림을 마치고 나면 걸레에 쌓인 물감을 보며 고마운 마음이 든다. 그 물감이 사라지는 몫을 한 덕분에 그림 위에 남은 물감은 빛을 보게 되었다.

물감을 덜어내듯 그림을 그리는 동안에 내 마음도 덜어낸다. 마음이 복잡하면 그림을 그린다. 한 가지 사물을 뚫어지게 응시하며 그림을 그리다 보면 삐죽삐죽 솟아나 있던 마음이 슬며시 가지를 치고 정리되어 간다. 그림에 한참 몰두하다 보면 어느 순간 자신에게서 떨어져 있는 것 같은 느낌이 든다. 그림을 그리는 힘은 내가 아니라 우주의 기운이고 나는 단지 도구로 쓰이는 것 같다. 시간도 멈춘 듯 온 세상이 고요하고 머릿속에는 아무 생각도 없다. 그리고 잠깐 나에게서 떨어지면서 내 속에 있는 또 다른 내가 보인다. 별것도 아닌 일을 꽉 움켜쥐고 불만스러워하거나 서운해하고 있다. 그러고 있는 사람이 내가 아니고 친구라면 어떻게 해야 할까? 어깨를 두드려 주며 말하겠지. 다 털고 잊어!

세상에는 언제나 좋은 것도, 나쁜 것도 없는 것 같다. 무엇이든 조금 부족한 것이 지나치게 많은 것보다 안전하다. 그래서 그림을 그릴 때도 더 잘 그리고 싶을 때 그만 손을 놓는 것이 좋다. 약간의 욕심이 전체의 조화를 무너뜨리는 수가 있으니 말이다.

건강은 몸의 상태만 말하는 게 아니다. 마음의 건강이 신체의 힘과 조화를 이룰 때 비로소 건강할 수 있으니 불어나는 마음도 계속해서 덜어야 한다. 걸레에 남은 물감처럼 덜어낸 마음이 있어야 또 앞으로 살아갈 힘이 생긴다.

유화 팔레트, 김근희, 수채화

그림에는
정답이 없지

아이들의 경우, 몇 살 때부터 그림을 배울 수 있느냐는 질문을 종종 받는다. 또 그림을 못 그리는 아이도 지도를 받으면 잘 그릴 수 있게 되는지 묻곤 한다. 나는 스스로 그리는 걸 좋아하는 아이는 따로 지도를 받지 않아도 된다고 생각한다. 원래부터 그림을 그리지 못하는 사람은 없으니 그릴 수 있는 환경을 만들어주는 것이 시작점이 된다.

아이들을 관찰하면 어릴수록 거침없이 많이 그린다. 짧은 시간에 힘찬 선으로 쓱쓱 그려낸다. 사물을 어쩜 저렇게 간단히 표현할 수 있을까? 말로 설명하는 것보다 빠르고 정확하다. 나이가 들면 점점 그리는 일을 조심스러워하고 덜 그리게 된다. 사물을 대할 때 눈으로 보는 것보다 자기가 알고 있는 정보를 앞세워 이해하려는 경향이 있다. 주변에서 어른들이 좋다고 말하는 '잘 그린 그림'을 그리고 싶은데 손이 생각처럼 따라주지 않으면 그림에 대한 자신감이 떨어진다. 그리는 일이 어렵다는 생각이 들면 그리는 행위에서 점차 멀어지게 된다.

나는 그림을 익히고 배우는 것은 밖에서 안으로 집어넣는 것이 아니라 이미 내 안에 있는 것을 꺼내어 펼치는 과정이라 생각한다. 그림을 좋아하는 마음의 싹을 틔우고 잎이 돋아, 차츰 큰 나무로 자라게 하는 것이다. 만약 그 마음을 밖에서 안으로 집어넣는다고 가정해 보자. 얼마만큼 어디까지 집어넣겠는가? 처음 얼마간은 다른 그림을 흉내 내면서 그럴 듯해 보이게 그릴 수 있겠지만 이내 한계에 다다를 것이다.

진짜 좋은 그림은 몸과 마음이 성숙해지는 것과 같은 속도로 성장하는 것이 바람직하다. 아직 생각이 미치지 못하는 단계에서 손끝에 익은 기술만 가지고 그림을 따라온다면 그것은 마음이 비어 있는 빈 껍질에 불과하다. 기량이 뛰어난 아이들도 자신이 관심 없는 주제를 다룬 그림에서는 그 마음을 찾아보기 힘들다.

그림에는 정답이 없다. 같은 대상이라도 빛과 그림자에 따라 그림이 달라지고, 바라보는 이의 자세에 따라 구도가 바뀌며, 그리는 이의 감정에 따라서 다르게 나온다. 그리는 사람의 마음 그릇이 커지면 그림도 따라서 커지게 된다.

우리 집의 경우, 아이가 만 두 살이 되었을 때 방에 이젤을 놓아주고 연필과 수채화 물감, 물통을 마련해 주었다. 일찍부터 그림을 그리게 하려고 그런 것이 아니라, 내가 하는 그림을 방해받지 않으려는 생각에서였다. "자, 여기는 네 자리야. 그림 그리고 싶으면 여기서 그려. 엄마는 엄마 자리에서 그릴게."

스케치북도 엄마 것이 더 좋아 보이지 않도록 내 것과 비슷한 것으로 준비해 주었다. 아이는 놀다가 아무 때나 그림을 그렸다. 물감을 풀어서 붓으로 장난도 치고 종이에 바르기도 하면서 그리는 행위에 익숙해져 갔다. 내가 해준 미술 교육은 도구를 준비해 준 것이 전부였지만 아이들은 스스로 원할 때, 그림을 많이 그렸다. 나중에 아이들이 그린 그림들을 다시 보면 어렸을 때 무엇에 관심이 있었는지 그대로 나타난다.

아이들은 당시 읽었던 책이나 좋아하던 만화 영화, 비디오 게임의 내용을 그림으로 표현했다. 여행지에서 본 것들도 그렸다. 모든 그림이 너무 사랑스러워서 그림을 복사하여 책으로 묶어 놓기도 했다. 나는 요즘 아기 그림책을 구상하다가 아이디어가 떠오르지 않으면 우리 아이들이 그 나이였을 때 그렸던 그림을 꺼내 보기도 한다.

그래서 나는 아이에게 그림을 배우게 하고 싶다는 문의 전화를 받으면, 좋은 재료를 준비해 주고 집에서 그림을 자주 그릴 수 있게 환경을 만들어주라고 권한다. 좋은 그림은 실수로 나오기도 한다. 그런데 버리는 종이 뒷면에 그려져 있으면 아쉽지 않을까. 실제로 재료가 좋으면 그림도 잘 나온다. 그렇다고 비싼 전문가용 재료가 필요한 건 아니다. 미술 공부하는 중·고등학생용이면 충분하다.

　아이들이 그림을 그리면 무조건 칭찬을 많이 해주라고 말한다. 대단한 것을 그린 것처럼 큰소리로 칭찬을 해주면 아이는 자신이 생겨서 더 열심히 그리게 된다. 미국 엄마들은 아이들이 그린 그림을 보면 무조건 소리를 높여 칭찬을 아끼지 않는 반면, 겸손을 미덕으로 여기는 한국 엄마들은 칭찬에 인색하다. 더 안타까운 것은 다른 아이 그림만 칭찬하거나, 기성세대의 고정된 잣대에 맞추어 옥의 티만 찾아내려고 하는 답답한 경우이다. 어른들의 눈에 보이는 '티끌'이야말로 때 묻지 않은 동심에서만 나오는 보석인 것을.

　사람들은 그림이란 재주를 타고난 사람들만 할 수 있는 것으로 생각하지만, 애착을 갖고 그리면 누구나 좋은 그림을 그릴 수 있다. '그린다'는 것은 말이나 글 대신 형상으로 자기 생각을 전달하는 것이니, 대상과 내 마음이 주고받은 이야기를 손으로 충실히 설명하면 될 뿐이다.

나는 그림 그리는 동안 학생들에게 말을 건넨다. 요즘 무슨 책을 읽었고, 음식은 어떤 걸 좋아하고, 어떤 영화를 보았고 등등. 그림 그리는 일과는 무관한 것 같은 대화지만 그 속에서 아이마다 좋아하는 관심 사항이나 분위기를 눈치 채고 그림을 구성할 때 여러 가지 제안을 해준다. 생각의 폭을 넓혀주고 좋아하는 쪽으로 끌어가기 위함이다. 아이들의 그림이 다소 삐뚤빼뚤해도 굳이 고치라고 하지 않는다. 그렇기에 더욱 사랑스러운 그림이니까 말이다.

자기가 좋아서 선택한 것을 정성껏 그려낸 자체만으로도 그림에는 이미 행복이 녹아 있다.

아들(일곱 살 때), 연필

딸(아홉 살 때), 수채화

몽당연필

요새는 학용품이 넘쳐난다. 방과 후 교실 바닥에 연필이 굴러다니는 일이 보통이다. 학교 분실물 보관함에는 온갖 물건이 가득하다. 값진 것을 잃어도 찾을 생각을 않는데 하물며 연필, 지우개 등은 말할 것도 없다. 종이도 그렇다. 학년이 바뀌고 나면 쓰다만 공책에서 나오는 빈 종이만 모아도 1년 동안 메모지로 쓰고도 남을 텐데, 한 번도 쓰지 않은 새 종이가 폐품으로 나가는 것을 보면 안타깝다.

빈 공책뿐이랴. 예쁜 포장지도 남아돈다. 고급 포장지는 버리기 아까워서 언젠가 다시 쓰려고 두곤 하지만, 한 번 구김이 간 종이는 여간해서 다시 쓰게 되지 않는다.

하지만 버려지기 전에 사용할 수 있는 방법이 있다. 빳빳한 종이를 접어서 종이상자를 만든다. 조금씩 크기를 달리하면 차곡차곡 넣어둘 수 있어서 자리도 차지하지 않고 요긴하게 사용된다. 서랍 정리할 때 지우개나 클립같이 작은 것들을 담기도 하고, 칼을 넣어 놓았다가 미술 연필을 깎을 때 쓰면 연필 가루가 날리지 않아서 좋다. 조금 크게 접은 상자는 이젤 주변이나 책상 위를 치울 때 부스러기를 모아 쓰레기통에 버리면 편리하다.

나에게 그림을 배우는 학생들은 굳이 말하지 않아도 작은 책상용 빗자루를 들고 다니며 자기 자리를 말끔히 치운다. 주변이 정돈되어 있어서 조금만 어지르면 금방 표가 나기 때문에 아이들에게 스스로 정리하는 습관이 생겼다. 아이들을 데리러 온 엄마들은 눈이 휘둥그레진다. "어머! 그림 그리고 나서 정리를 잘하네. 집에서도 그렇게 하면 좋겠다."

미술 연필은 심이 두껍고 부드러워서 연필 깎는 기계로 깎으면 두꺼운 연필심이 다 갈려버린다. 또 기계로 뾰족하게 간 연필 끝에서는 똑같은 굵기의 선만 나오지만, 손으로 깎은 연필은 요리조리 돌리면서 쓰면 쓸 때마다 선 맛이 다르다. 넓적한 선, 날카로운 선, 힘찬 선, 조심스러운 선 등 쓰는 사람의 마음이 그대로 드러난다. 그래서 나는 학생들에게 손으로 연필을 깎아서 쓰게 한다.

연필을 깎다 보면 어릴 적 생각이 난다. 내가 어렸을 때 엄마는 저녁 설거지를 끝내고 연필을 깎아주셨다. 언니와 내가 숙제를 하는 동안 엄마는 사각사각 소리가 나게 심을 갈아서 필통에 가지런히 넣어 주었다. 엄마가 깎아 준 연필은 필기하기에 딱 적당했다.

필통에는 새 연필, 중간 연필, 짧은 연필, 그리고 볼펜 깍지에 낀 몽당연필도 있었는데, 나는 몽당연필부터 쓰기 시작했다. 몽당연필이 닳으면 짧은 연필, 중간 연필, 새 연필의 순으로 사용했다. 그때는 연필 한 자루도 끝까지 아껴가며 썼으니까.

오래전 엄마가 깎아주던 연필을 떠올리며 나도 학생들의 연필을 깎는다. 연필이 뭉툭해질 때쯤 깎은 연필을 건네주면 아이들이 무척 좋아한다. 연필 한 자루에 엄마 같은 선생님의 마음이 전해지는 모양이다.

연필이 길어야 그림 그리기 편하니까 그림 배우는 학생들은 새 연필을 좋아한다. 학생들이 버리는 짧은 연필이 아까워서 계속 모았다가 문득 그 생각이 들었다. 안 쓰는 볼펜을 찾아서 짧은 연필의 뒤끝을 조금 깎은 뒤 볼펜 깍지에 꾹 눌러 끼웠다. 아! 이렇게 하니 어렸을 때 많이 쓰던 볼펜 깍지에 끼운 몽당연필이 되었다. 몇 개 만들어서 학생들에게 나누어주었더니 반응이 다양했다.

"선생님, 참 좋은 아이디어예요."

"멋있어요."

"잡기가 더 편해요."

학생들은 새 연필보다 볼펜 깍지에 끼운 몽당연필을 더 좋아했다. 전에 나도 그랬던 것처럼. 몽당연필에 작은 정성을 보태니 받는 이들에게는 긴 연필, 큰마음으로 전해졌다.

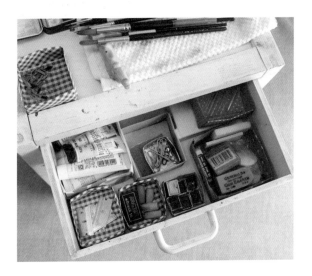

여러 크기의 종이상자로 서랍 안을 말끔히 정리했다.

보따리, 김근희, 유화

Westwood

•

옛 살림이
전해주는 이야기

바느질을 해보면 옛날 반짇고리 모양이 쓸모 있음을 알게 된다. 속이 얕아서 작은 물건을 찾기 좋고, 뚜껑이 없어서 하다만 바느질을 턱 얹어서 옆으로 밀어놓기도 편하다. 내가 옛 물건을 좋아하니까 엄마가 살림살이를 정리할 때마다 하나씩 나에게 물려주셨다.

"너니까 이런 걸 좋아하지, 누가 이런 구닥다리를 맡으려고 들겠니?"

그렇게 해서 옛 살림살이들이 하나씩 내게로 왔고, 한국을 떠나올 때도 막연히 짐 속에 챙겨서 넣었다. 연분홍 보자기에 싸여

잠자고 있던 옛 살림들이 어느 날 그 보따리에서 나왔다. 실패, 가위, 골무, 인두… 나는 그 물건들을 그리게 되었다. 그림의 대상이 되려고 그 물건들은 오랜 세월 보따리 속에서 긴 잠을 자며 기다리고 있었던 것 같았다. 그림을 그리느라 옛 물건들을 바라보노라면 마음이 고요해진다. 아주 오래전, 과거의 어느 날로 돌아간 듯 잔잔한 시간에 잠기게 된다.

옛 물건을 그리던 인연이 발전되어 『겨레 전통 도감―살림살이』에 그림을 그리게 되었다. 130여 점 되는 옛 살림살이를 찾아서 그리는 일이었다. 마침 한국에 잠시 머물 때라 윤구병 선생님을 따라 자료 조사를 다녔다. 시골에서 만난 항아리, 가마솥, 광주리, 요강 등은 내가 어렸을 때만 해도 일상 생활에서 쓰였지만, 이제 만나기 어려운 물건이 되었다. 그 살림살이들을 그나마 우리 세대가 기억하고 있으니 더 잊혀지기 전에 그림으로 남겨야겠다는 생각이 들었다.

윤구병 선생님은 변산 공동체 마을에 갔을 때 우리를 마을 뒷산에 있는 당산나무 앞으로 데려가셨다. 그 나무를 '당산 할매'라 부르며 절하면서, 할매한테 소원을 빌면 이루어진다고 말씀하셨다. 나와 나무꾼도 선생님을 따라 절을 했다. 머리를 땅에 대고 절을 하면서 비로소 절이란 어떤 마음으로 하는지 알게 되었다. 머리가 땅에 닿을 만큼 몸을 낮춘다는 것은 마음도 그처럼 낮추는 것이었다. 마음을 낮추어 아래에 내려놓으니 무슨 소원이 달리 있겠는가. 그저 모든 것이 고마울 뿐이었다. 그 후 나는 가끔 혼자 있을 때 조용히 절을 한다. 큰 절이 쑥스러운 자리에서는 반절만 하지만, 하늘을 향해 절을 하고 나면 기분이 좋아진다.

파란 하늘이 너무 청명해서 절을 하고,

넘어가는 저녁노을이 아름다워 절을 하고,

보름달이 반가워서 절을 한다.

그러고 나면 하고 싶은 말을 한 것처럼 속이 다 시원해진다.

반짇고리, 김근희, 수채화

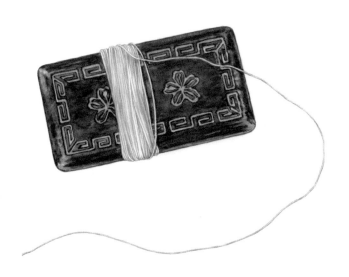

실패, 김근희, 수채화

엄마의
그림

휴대전화가 등장한 후 세상은 더욱 편해졌다고 한다. 하지만 온전하게 누릴 수 있는 나만의 시간은 상대적으로 짧아졌다. 언제 어느 곳에서나 전화를 걸 수 있는 반면, 언제 어느 곳에서나 전화를 받아야 하기 때문이다. 전화를 거는 사람은 편할지 몰라도 받는 사람의 마음은 그렇지 않을 때도 많다. 끊임없이 걸려오는 광고 전화는 더욱 그렇다. 한참 뭔가에 집중할 때 전화벨이 울리면 받을까 말까 망설이게 된다. 번호를 보고 광고 전화인 경우는 안 받고 말지만, 계속해서 울리는 전화 소리에 마음은 이미 흐트러져 버린다.

사람들은 길을 가면서, 장을 보면서, 운전하면서도 전화를 하고, 글자로 또 대화를 한다. 그러느라 귀에는 이어폰이 꽂혀 있으니, 과연 하루 중 조용히 생각하는 시간이 있을까? 잠깐이라도 혼자만의 고요한 시간을 가질 수 있을까?

그림을 배우러 내게 오는 학생들은 첫 수업에서부터 뭔가 다른 분위기를 느낀다고 한다. 그건 바로 '조용함'이다. 흔히 여럿이 모여 그림 그리는 곳이라고 하면 물감이 지저분하게 흐트러져 있고 잡담이 오가는, 조금은 시끄러운 분위기를 떠올린다. 그런데 막상 우리 집에 와보면 모두 각자의 그림에만 몰두하고 있다. 조용히 하라고 말하지 않아도 다들 제 할 일에 빠져서 옆으로 눈 돌릴 틈이 없다. 새로 온 학생도 저절로 그 분위기에 압도되어 간다.

한 달쯤 지나고 학생의 어머니에게 아이의 반응이 어떠냐고 슬쩍 물어본다. 대부분 이렇게 대답한다. 그림을 그리고 난 후에는 아이의 마음이 차분해지는 것 같다고…. 그림을 배우는 것도 좋지만 일주일에 한 번이라도 조용히 집중할 수 있는 시간이 좋은 것 같다고 말한다.

그림을 그리다 보면 마음이 잔잔해진다. 다른 것들을 보면서 산만하게 할 수 있는 일이 아니다. 그러니 저절로 집중하게 된다. 그렇게 되면 혼자 있는 시간이 즐거워진다.

미국에 살면서 한국을 방문했을 때였다. 한국에 계신 엄마가 무릎이 불편해서 바깥출입을 제대로 못 하셨다. 온종일 집에만 있으려니 얼마나 답답하실까. 그림을 그리다 보면 무료함을 달랠 수 있을 것 같아 수채화 물감과 스케치북을 챙겨드리며 그림을 그려 보시라고 권했다. 그러면서 사과, 병, 컵 같은 것들을 늘어놓고 연필로 스케치하고 채색하는 것을 함께 해보았다. 불과 30분 정도의 짧은 시간이었지만, 당시 82세인 엄마는 젊은 사람보다 쉽게 따라 하셨다. 내년에 다시 올 때까지 그림을 많이 그려 놓으시라고 당부했다. "이제는 전 같지 않고 늙어서 못해." 엄마는 그렇게 말씀하셨지만, 그 연세에도 무언가 새로 시작할 수 있다는 사실에 즐거워하셨다. 아! 왜 진작 권해 드리지 않았을까 하는 마음에 아쉬웠다. 엄마는 소녀 시절부터 바느질과 자수 솜씨가 뛰어났고, 손끝이 야무지셨는데.

다음 해 다시 한국에 갔을 때 엄마는 그림 하나를 내게 보여주셨다.

"그동안 몇 번 그리다 말았고, 이번에 네가 온다고 해서 하나 그렸다. 숙제하느라고." 엄마가 내민 그림은 참 따뜻해 보였다.

그림은 언제 그려도 좋지만, 특히 나이 드신 분들이 그림을 그리는 행위는 더 좋은 것 같다. 그림을 그리는 동안 여러 가지 묵은 생각이나 기억이 물감 섞이듯이 서로 비벼지고, 붓을 물통에 헹구듯 마음도 설렁설렁 씻어지니 말이다. 그림을 그리는 동안은 시간도 멈춘 듯 빠져들기 때문에 노년의 한가한 시간을 보내기에 좋다.

나의 시어머니는 예순이 넘어서 도자기를 배우기 시작하셨다. 흙 주무르는 재미에 빠진 어머니는 열심히 그릇을 만들어내셨다. 가족들 밥그릇은 물론 쓰레기통까지 도자기로 쓸 정도로 맹렬히 생산해 내시자 집안은 도자기로 포화상태가 되었다. 그래서 그릇 대신 테라코타를 권해드렸다. 흙을 반죽하고 빚는 손 감각을 충분히 갖고 계시니 잘하실 거라고 응원해 드렸다.

시어머니는 테라코타로 아이들을 만드셨다. 방긋 웃는 아이, 피리 부는 아이, 기다리는 아이… 그 천진난만한 아이들은 바로 어머니의 마음속 고향이었다. 약한 몸 어디에서 그런 힘이 나오는지 모를 정도로 팔순이 넘을 때까지 열정적으로 테라코타 작업을 하셨다. 역시 창작에 대한 몰입과 애착만 있으면 에너지는 저절로 샘솟는 것이다.

2005年 6月 6日

김근희 어머니, 수채화

이담 어머니, 테라코타

도서관의
나라

　우리가 하는 일에서 책을 분리할 수 없듯이 도서관 또한 우리 생활에서 빠질 수 없는 요소다. 우리가 오래 살았던 데마레스트 집 바로 앞에 도서관이 있었다. 데마레스트는 마을이 작은 만큼 도서관도 작아서 소장도서가 많지 않지만, 뉴저지주 북부의 80여 마을이 연합 운영하는 시스템이라 다른 도서관의 책도 함께 이용할 수 있었다. 책이나 자료를 전화나 인터넷으로 주문하면 데마레스트 도서관으로 배송되고, 반납도 그곳으로 할 수 있다.

　웨스트우드로 이사 갈 집을 보러 갈 때도 집을 둘러본 다음 마을 도서관을 찾아갔다. 도서관 시설이 어느 정도인지, 도서 목록은 많은지, 도서관에서 주체하는 행사는 어떤 게 있는지 살폈다.

우리는 정보가 필요하거나 새로운 것이 배우고 싶으면 항상 도서관을 출발점으로 삼았다. 요즘은 인터넷으로 웬만한 정보는 찾을 수 있지만, 그전에는 절대적으로 도서관에 의존했었다. 새로운 지식에 목마를 때 갈증을 해소할 수 있는 책이 도서관에 있다는 건 참 고마운 일이다. 책은 자상한 선생님도 되고, 가까운 친구도 되어주었다.

아이들이 어렸을 때 매주 도서관에서 한 보따리씩 책을 빌려왔다. 다 보지 못하고 반납할 만큼 집에는 항상 책이 많았다. 함께 책을 보고 같이 이야기를 나누다 보면 아이들이 무슨 생각을 하는지, 무엇을 좋아하는지 저절로 알게 되었다.

신학기가 되어 학교에서 새 교과서를 받아오면 나도 같이 읽었다. 학교 교과 내용을 알고 나면 숙제나 준비물을 챙길 때 쉽게 대화할 수 있었다. 아이들이 중, 고등학생이 되고 난 후, 어려서처럼 많은 책을 같이 볼 수 없었지만, 1년에 한두 권 정도 서로 좋다고 권하는 책을 돌려가며 읽고 같이 얘기를 나누었다. 한 시간, 두 시간, 어떤 때는 서너 시간 이상, 저녁 식탁은 긴 토론 시간이 되곤 했다.

아이들이 크고 난 후에는 미술 전시회, 음악회, 공연을 함께 보러 다녔다. 뉴욕시에는 문화 행사가 많고, 특히 메트로폴리탄

뮤지엄에는 늘 좋은 전시회가 기획되어 있어서 다양한 문화 행사를 즐길 수 있었다.

도서관은 일이나 공부에 도움이 될 뿐만 아니라, 가족들이 모여 즐길 수 있는 볼거리도 제공해 주었다. 책은 물론이고 음악 CD와 영화 DVD도 많아서, 케이블 TV 대신 도서관에서 빌려온 영화를 감상했다. 특히 다큐멘터리와 교육 영화, 오래된 흑백 영화는 도서관에 가야 구할 수 있었다. TV는 방송국에서 정한 시간에 시청해야 하기에 우리 생활을 방영 시간에 맞춰야 하지만 도서관에서 빌려온 영화는 우리가 원하는 시간에 볼 수 있었다. 정해진 시간에 지정된 메뉴만 먹는 것보다 원하는 때 마음에 드는 것을 골라 먹는 재미가 더 쏠쏠했다.

미국은 도서관의 나라라고 해도 지나치지 않을 정도로 전국에 도서관이 많다. 작은 단위의 소도시마다 공공 도서관이 하나씩 있고, 마을에 있는 초등학교마다 따로 도서관이 있다. 학교뿐 아니라 관공서, 회사에도 자체 도서관이 있다. 미국 출판 시장의 규모가 거대한 이유는 바로 도서관의 힘 때문이다. 새로 출판된 책의 경우, 전미 도서관 협회ALA; American Library Association의 리뷰가 매우 중요하다. 도서관 사서 모임도 많고, 작가와 일러스트레이터를 초청하여 이야기를 듣는 행사도 많이 열린다. 우리 부부도 그런 행사에 초청되어 강연에 가 독자들을 만나곤 했다.

규모가 큰 도서관에서는 미술 전시회나 음악회가 열리기도 한다. 도서관은 마을 문화 공간의 중심이고 마을 주민들이 낸 세금으로 운영되므로 모두가 그곳의 주인인 셈이다. 도서관에서 일하는 사람 중에는 어르신이 많은데, 책 대여와 반납은 할머니들이 담당하고 서가의 책 정리는 할아버지들이 주로 한다. 백발의 할아버지가 책이 가득 담긴 손수레를 서가 사이로 밀고 다니며 천천히 책을 꽂아 정리하는 모습은 참 아름답다. 나이가 들어도 봉사할 일이 있으니 얼마나 좋은가.

웨스트우드 도서관에서 주문했던 책을 찾아서 나오는데, 멀리 저녁 시간을 알리는 교회의 종소리가 들려온다. 넘어가는 해는 저녁 하늘을 발갛게 물들이고, 마음 저 밑에서는 고마움이 샘솟는다. 일과를 마치고 두 손을 마주 잡고 고마워하는 모습, 밀레의 그림 〈만종〉이 떠오른다.

지금 이 순간

내 머릿속 목마름을 풀어 줄 것이 나에게 있고,

돌아가 쉴 집도 있고,

가족들과 함께 나눌 음식도 있으니,

그저 고마울 뿐이다.

이담, 김근희가 그동안 작업한 그림책들

잘
먹겠습니다

눈을 감고 어린 시절을 생각해 보면 흑백 사진처럼 엄마의 모습이 떠오른다. 어린 내가 학교에서 돌아오면 엄마가 부엌에서 먹을거리를 쟁반에 받쳐 나오던 모습이 떠오른다. 대청마루에 올려 주던 그 쟁반에는 여름에는 시원하고 겨울에는 따뜻한 먹을거리가 있었다. 간식을 먹고 나서 나는 숙제를 하고, 엄마는 반찬거리를 다듬곤 하셨다. 그때의 소박한 한옥이 내게는 궁전이었다. 우리 세대에서는 그런 일이 지극히 평범한 일상이었지만, 지금은 사진작가의 작품집에나 나올 그리운 옛 모습이다.

그렇게 옛날 어머니들은 늘 집을 지키고 계셨다. 나도 엄마가 그랬던 것처럼 아이들이 학교에서 돌아오면 집에서 반겨주는 엄마가 되고 싶었다. 그래서 모든 작업을 집에서 했다. 그림도 집에서 그리고, 학생도 집에서 가르쳤다. 아이들이 고등학교를 마칠 때까지는 내가 해야 하는 여러 일 중에서 엄마라는 역할을 가장 우선시했다. 볼일이 생기면 부지런히 아침 일찍부터 뛰어다니고 아이들 학교가 파하는 3시 전에 집에 꼭 돌아왔다. 집에서 아이들과 함께 있다고 해서 특별히 같이하는 건 없다. 그러나 아이들에게는 집 안에 함께 있는 부모의 존재만으로도 의지가 된다.

요즘은 엄마들도 출근해 일하는 집이 많다. 사는 게 팍팍해 그럴 수밖에 없는 세상이 되었다. 방과 후 아무도 없는 빈집에 혼자 들어가는 아이의 뒷모습은 어쩐지 쓸쓸해 보인다. 빈집에 들어가는 사람들 대부분은 어른, 아이 할 것 없이 텔레비전부터 켠다고 한다. 뭔가를 꼭 보고 싶어서가 아니라 누군가의 말소리가 듣고 싶어서 그런 건 아닐까.

내게 그림을 배우는 학생의 부모가 아이의 공부 문제가 걱정이라는 말을 했다. 엄마들 모임에서 어떤 학원을 보내는지 정보 교환을 하다 보면, 자기만 아이에게 아무것도 안 시키는 것 같아 뒤처지는 건 아닐까 걱정이 된다고 했다.

선생님 댁 아이들은 그 나이에 어떻게 공부했느냐고 물어온다. 내가 자신 있게 권하는 것이 있다. 엄마는 애들한테 그냥 맛있는 것만 해주면 된다고 말한다. 아이들은 자기가 알아서 스스로 공부하게 두라고 말한다. 그렇게 하면 큰소리 낼 일이 없으니까.

공부도 좋지만, 그보다 먼저 잘 먹고 편히 잘 수 있는 일차 욕구가 충족되어야 다음 일을 할 수 있는 에너지도 생기지 않을까? 한참 잘 먹고 커야 할 나이의 아이들이 시간표에 쫓겨서 밥이 어디로 들어가는지 모르게 허둥지둥 먹고, 밤늦도록 책상 앞에 앉아 있는 일이 과연 아이들을 위하는 걸까?

엄마로서 그동안 내가 열심히 한 일은 그저 밥해주고 도시락 챙겨주는 일이었다. 우리 가족은 꼭 아침, 저녁을 같이 먹었고, 식사 준비나 치우는 일을 함께 거들었다. 별거 아닌 것 같지만, 접시 하나, 숟가락 한 개 옮기는 일이라도 함께하면 한결 수월해진다.

음식을 준비해 놓으면 각자 먹을 만큼씩 자기 접시에 덜고, 먹기 전에 다 같이 인사를 한다. "잘 먹겠습니다. 맛있게 먹겠습니다. 고마워요!" 각자 접시에 담은 음식은 남기지 않고 다 먹는다. 먹고 나서는 "잘 먹었습니다. 맛있게 먹었습니다. 고마워요!" 하고 말한다. 그렇게 말하기로 미리 정하지도 않았는데 언젠가부터 늘 그렇게 말하게 되었다. 먹고 난 빈 그릇은 각자 설거지대로 가져가 물에 담그고 그릇 정리와 설거지도 늘 같이 했다.

우리 가족이 항상 저녁을 집에서 같이 먹는 걸 보고 아들 친구가 한 말이 있다. "너희 집은 어떻게 매일 저녁을 집에서 같이 먹을 수 있니?" 너무나 당연한 그 일이 요즘은 이상하게 보이는 풍경이 되었다.

고마운 마음으로 밥을 먹으면 무엇을 먹어도 맛있다.

먹을거리를 키워준 농부에게 고맙고,

영양분을 나누어준 흙에 고맙고,

물을 뿌려준 비에 고맙고,

따뜻한 햇볕을 비추어준 하늘에 고맙다.

그날 먹을 게 있다는 사실이 고맙고,

음식이 되도록 만들어 준 사람에게 고맙고,

가족이 같이 모여서 식사를 나눌 수 있는 것이 고맙다.

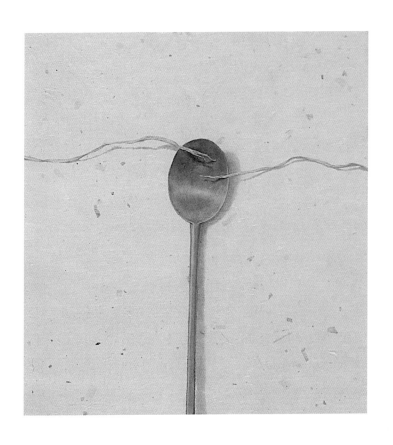

고마움, 김근희, 한지 위에 유화

스스로 공부하고
배우며

처음 컴퓨터를 만져본 때는 1992년 스쿨 오브 비주얼 아트 School Of Visual Arts 대학원 시절이었다. 그때 다른 학생들은 컴퓨터 타이핑은 기본이고, 그림도 컴퓨터 프로그램을 이용하여 효과를 내거나 디자인했다. 나는 대학을 졸업한 지 10년이나 지난 늦은 학생이었고, 그런 신문물에는 무지했다. 컴퓨터 없이 잘 살아왔으니 앞으로도 안 쓰면 그만이라고 생각했다.

그러나, 결국 대학원 졸업 후 큰마음 먹고 컴퓨터를 장만하게 되었다. 그 후 컴퓨터로 글자 몇 줄 작성할 정도로 익힌 게 전부였다. 그런데 몇 년 되지 않아 그 컴퓨터는 구닥다리가 되었다. 속도가 빠른 새 컴퓨터가 필요했다. 장만한 지 몇 년도 안 되어 벌써 고물이라니, 지난번에 출시된 지 1년이 지난 기종을 사서 금방 무용지물이 된 것 같아 이번에는 가장 최신 모델로 구입했다.

그런데 새 컴퓨터는 모양도 새로운 만큼 설치과정 또한 낯설었다. 프린터와 연결도 할 수 없었다. '프린터와 연결할 수 없다'는 메시지만을 반복하며, 전혀 협조할 생각이 없는 잘난 기계와 며칠을 씨름했지만, 결과는 뻔했다. 말 안 듣는 그 기계는 컴퓨터를 구입한 상점에 맡겨서 해결했는데, 알고 보니 인터넷으로 별도의 프로그램을 다운로드 받아서 설치를 해야 한다고 했다. 인터넷도, 다운로드도 모두 생소할 때였으니, 컴퓨터 앞에 앉아서 며칠 동안 머리 위로 김을 올리던 생각을 하면 스스로가 한심스럽다.

프린터 문제는 해결했지만, 앞으로 이 괴물 같은 기계와 친해질 일이 걱정이었다. 결론은 컴퓨터 사용을 익히는 방법뿐인데, 어디서부터 컴퓨터 공부를 시작해야 할지 막막했다. 일단 책을 찾아보기로 하고 서점에 가보았다. 컴퓨터 옆에 책을 놓고 공부하며 밑줄도 그으려면 도서관 책을 빌리기보다 내 책이 있는 게 좋을 것 같았다.

컴퓨터 관련 책은 왜 그리도 많은지…. 여러 책을 들춰보다가 제일 쉬워 보이는 책을 한 권 골랐다. 컴퓨터 사용의 기초를 재치있고 친절하게 설명한 책이었다. 언제 돌이켜 보아도 그 책의 저자에게 감사하다. 자칫하면 너무 재미없어서 포기할 뻔했던 컴퓨터 공부에 자신감을 주었기 때문이다. 그 책을 읽고 따라 하며 궁금한 것을 많이 해결했다. 이어서 같은 저자가 쓴 다음 단계의 책으로 갈아탔다. 세 권의 책을 차례대로 보고 나니 눈이 조금 뜨였다. 프로그램을 설치할 때 무슨 파일을 어느 폴더에 넣어야 할지 쩔쩔 매었는데, 이제는 아는 집 찾아가듯 자신이 생겼다. 조금 알고 나니 재미가 붙어서 프로그램 사용법, 고장 났을 때 조치법도 알고 싶어졌다. 그 단계부터는 두껍고 재미없는 책들이었지만, 기초를 알기에 전에는 생소하던 단어도 웬만큼 이해할 수 있었다. 그렇게 1년을 신학문 공부에 매달리고 나니 세상이 다시 보였다. 정말 공부란 언제라도 마음먹기에 달린 것 같다. 나이가 많다고 해서 못 배울 건 없었다.

전혀 몰랐던 분야를 혼자서 공부해 냈다는 자부심으로 다음 단계인 인터넷 공부로 들어갔다. 처음에는 자료 검색이나 이메일 사용에 익숙해지려고 인터넷에 관한 책을 보기 시작했는데, 점점 우리 그림을 깔끔하게 보여줄 수 있는 홈페이지를 만들면 좋겠다는 생각이 들었다. 포트폴리오가 정리된 홈페이지는 앞으로 유용하게 쓰이리라 생각되었다. 그러나 웹 사이트를 만드는 일은 시간과 노력이 많이 드는 일이라 쉽게 시작할 일은 아니었다. 잘못 만든 웹 사이트는 잘 열리지 않아서 오히려 역효과가 나기도 하니까 말이다. 과연 할 수 있을까 하는 의구심도 들었지만, 못할 것도 없을 거라는 생각이 들었다. 시작이 반이라 했으니, 마음먹었을 때 실천에 옮기기로 했다.

웹 사이트를 만들기 위한 프로그램을 구하고, 책을 따라서 프로그램 사용법을 실습하면서 공부를 시작했다. 인터넷이라는 새로운 세상에는 겉으로 보이는 정보의 한 꺼풀 밑에 HTMLHyper Text Markup Language이라는 새로운 언어 세계가 있음을 알게 되었다. 물론 초보자를 위하여 HTML을 몰라도 웹페이지를 만들 수 있는 프로그램이 있지만, HTML을 알고 나면 웹 디자인이 훨씬 편하고 실수가 적다는 것도 알았다. 웹 사이트 만드는 일은 힘이 드는 만큼 점점 그 일의 매력에 빠져들고 있었다. 내가 디자인한 대로 화살표를 누를 때마다 그림과 글이 척척 열리는 걸 보며 내 마음도 풍선처럼 둥둥 뜨고 있었다.

1년 안에 웹 사이트 여는 것을 목표로 틈나는 대로 컴퓨터에 매달렸다. 새로운 것을 배운다는 성취감으로 웹디자인은 속도가 붙어서 목표보다 두어 달 빨리 완성되었다. 우리의 이름인 Dom과 K를 붙여 만든 www.domandk.com이 World Wide Web에 올라갔다. 웹 전문가 입장에서 보면 많이 부족하겠지만, 우리로서는 꽤 만족할 만한 결과였다.

지금 이 순간에도 새로운 것은 계속 개발되고 있다. 몰랐던 것을 알고 나면 또 새로운 것이 나와 있다. 세상의 모든 것을 다 알수는 없지만 몰라서 겪어야 하는 상황이 신경 쓰인다면, 선택해야한다. 불편을 감수하며 살 것인가, 불편을 개선할 것인가. 조금의관심이 변화를 만들 수 있다. 그게 무엇이든, 언제든 하고자 마음만 먹는다면, 그리고 실천에 옮긴다면.

통밀빵을
굽다

•

이담

우리는 아침에 늘 빵을 먹는다. 점심이나 저녁에는 주로 밥을 먹고, 가끔 파스타도 먹는다. 쌀은 현미, 파스타는 통밀 파스타를 먹는데 순수 통밀빵은 구하기가 쉽지 않다. 시판하는 통밀빵에는 통밀가루가 소량만 함유된 경우가 많다. 순수 통밀빵을 파는 유기농 식품점이 있지만, 집에서 멀기 때문에 자주 가기 어려웠다.

어느 날 아침을 먹다가 앞으로 집에서 직접 빵을 만들자는 얘기가 나왔다. 그동안 머핀, 파운드 케이크, 쿠키 등은 만들어봤지만, 밀가루를 반죽해 발효시켜서 만드는 진짜 빵을 만들어본 적은 없었다. 몇 해 전 독일 여행에서 먹었던 견과류가 듬뿍 들어간

oat, 김근희, 수채화

잡곡 빵을 집에서 늘 구워 먹을 수 있으면 얼마나 좋을까? 아내가 밥은 늘 자기가 하니 빵은 나보고 만들어보라고 했다. 못할 것도 없을 것 같아서 그러겠다고 했다.

빵을 만들겠다고 말은 했는데, 어디서부터 시작할지 감이 안 잡혔다. 그럴 때는 일단 도서관에 가는 게 최고다. 도서관에 소장되어 있는 수많은 빵 만들기 책 중 인터넷 서점에서 인기가 좋은 책과 서평이 좋은 책을 골라서 빌렸다.

책을 보며 몇 가지 조리법을 따라 해보았다. 빵의 종류가 다양한 만큼 빵에 들어가는 재료도 다양해서, 모든 빵을 다 해볼 수 없었지만, 여러 번의 시행착오를 통해 나름 터득한 것은 우선 나에게 맞는 빵을 찾아야 한다는 것이었다.

우리처럼 순수한 통밀빵을 선호하는 식탁에서 매일 먹어도 물리지 않으려면 가장 기본 재료인 밀가루, 이스트, 물, 소금만으로 만든 빵이 제격임을 알게 되었다. 그런데 기본 재료만 하더라도 질 좋은 유기농으로 사용하면 사서 먹을 때보다 가격이 더 들었다. 그러니 이윤을 목적으로 대량 생산하는 빵에서 기대할 수 있는 영양소는 오직 물과 당분밖에 없다는 말이 맞는 듯하다.

통밀은 알곡의 겉에 있는 섬유소fiber 때문에 몸에서 소화되려면 오랜 시간 장운동이 필요하다. 섬유소는 열에 견디는 힘이 강해서 빵 껍질이 두껍게 익으니 흰 빵보다 오래 두고 먹을 수 있다.

잘 만들어진 통밀빵일수록 껍질은 두껍고 속은 부드러우면서 탄력까지 있다.

우리는 안 그래도 종일 하는 일이 많은데, 빵까지 구워 먹으려니 할 일이 더 늘어난 셈이다. 그렇지만, 직접 구워 먹는 건강빵에 맛을 들이고 나니 다시는 사 먹는 빵을 찾지 않게 되었다. 내 건강은 내가 지키기로!

직접 구운 통밀빵

Apple Picking, 김근희, 수채화

"언제든 하고자 마음만 먹는다면,
그리고 실천에 옮긴다면."

3. 더 단순하게

Sugar Hill

음식물 쓰레기로
만든 퇴비

2008년 가을, 우리는 먼 곳으로 이사를 했다. 1990년 처음 뉴욕 맨해튼에 발을 디딘 후 20년 가까이 살던 뉴욕, 뉴저지 생활권을 떠나 900마일(1,500킬로미터) 이상 떨어진 남쪽 조지아주의 애틀랜타Atlanta 외곽 슈가힐Sugar Hill로 옮겨 갔다. 마당이 넉넉한 집에서 텃밭을 일구며 살고 싶다는 소박한 꿈에 한 걸음 다가가기 위해서 내린 큰 결정이었다.

애틀랜타는 봄, 가을이 길어 채소와 과일이 잘 자라고, 겨울에도 날씨가 온화해서 왁스페인트Wax paint를 재료로 사용하는 나무꾼의 그림 작업에 적합해 보였다. 무엇보다도 뉴저지보다 집값이 많이 싸서 모기지mortgage 없이 집을 구할 수 있었다.

중개업자에게 마당은 넓고, 작고 아담한 집으로 찾아달라고 부탁했다. 요즘 주택이 크고 호화로운 추세라서 우리가 꿈꾸는 소박한 초원의 집은 만나기 어려웠다. 결국, 인연이 된 집은 20년이 된 이층집이었다. 아래층에는 거실, 주방, 식당, 큰 가족실, 작은 화장실에 자동차 두 대가 들어가는 차고가 있고, 이층에는 침실 네 개와 화장실 두 개, 보너스 룸이라는 창고용 큰 방이 있었다. 전에 살던 뉴저지 집에 비하면 대궐 같았다.

두 아이 모두 대학으로 떠나고 우리 둘만 산 지 오래되어서 큰 집은 필요 없는데, 여기서는 이 정도가 수수한 편이었다. 집이 커서 부담스러웠지만 소나무 숲이 우거진 널찍한 뒷마당이 마음에 들어서, 채소가 풍성히 자라는 텃밭을 상상하며 그 집으로 정했다.

장거리로 집을 보러 다니고 이사하느라 많이 지치기도 했었다. 이삿짐 정리에, 집도 자잘하게 손 보고 무슨 일을 먼저 해야 할지 모르게 바빴지만, 우린 마당에 구덩이 파는 일부터 시작했다. 구덩이에는 매일 먹을 끼니를 만들 때마다 나오는 채소 부스러기와 과일 껍질을 묻었다.

미국은 음식물 쓰레기와 일반 쓰레기를 분리수거하지 않는다. 주에 따라 간혹 분리수거하는 곳도 있지만, 대개는 한꺼번에 치워

간다. 재활용되는 유리, 종이, 플라스틱, 캔 종류의 분리수거가 잘 되어 있는 것에 비하면 음식물 쓰레기 수거 방식은 영 아쉽다. 쓰레기 수거를 기다리는 동안 음식물과 일반 쓰레기가 섞여 있으니 냄새까지 많이 난다. 음식물 쓰레기를 땅에 묻어 퇴비가 되면 쓰레기도 줄이고 음식물 찌꺼기까지 재활용되니 얼마나 좋은가.

음식물 찌꺼기를 구덩이에 묻기 시작하고 몇 달이 지나자 지렁이가 보이기 시작했다. 지렁이는 흙을 부드럽고 기름지게 만들어주는 반가운 일꾼이니, 전에는 징그럽던 지렁이가 이제는 반갑다.

흙으로 일을 나가보면 바삐 서두르는 현대인들의 대화가 한낱 말장난처럼 느껴진다. 무엇이든 마음만 먹으면 즉석에서 할 수 있다고 느껴지는 요즘, 흙과 함께하는 일은 멀어서 잘 보이지 않지만 그래도 길이 있다고 믿으며 하는 일이다. 내년의 좋은 수확을 위하여 올가을에 구덩이를 파고, 과일이나 채소 껍질을 묻어 흙을 기름지게 만드는 일은, 적절한 시기에 실행해야 한다. 그 결과가 얼른 보이지 않기 때문에 언제든 할 수 있는 일처럼 생각되지만, 때를 놓치면 안 되는 꾸준한 노력이 필요하다.

구덩이 하나를 파다가 잠깐 고개를 들어 하늘을 보았다. 봄이 되면 이 구덩이마다 호박도 심고, 가지도 심고, 토마토도 심어야지. 아, 얼마나 싱싱하고 맛있을까! 가을 하늘을 올려다보며, 땀방울 솟은 얼굴에 웃음이 번진다.

흙에
가까이

따사로운 햇볕이 좋아서 마당에 나왔다. 천천히 걸음을 옮기며 새로 올라온 풀 구경을 하는데, 발밑에 자잘한 노란 색이 보인다. "어머, 꽃이네!" 처음 보는 꽃이 반가워 쪼그리고 앉아 들여다보니, 그 옆으로 빨간 열매가 송알송알 달려 있다. 자세히 보니 작은 딸기들이다. 그런데 먹어도 되는 딸기일까? 야생화 책을 찾아보니, 그 꽃과 열매는 뱀딸기였다. 먹으면 배앓이를 한다고 나와 있다. 어쩐지, 그래서 마당에 찾아오는 사슴들도 그 열매를 먹지 않았다. 그러니 저렇게 마당 가득 퍼졌겠지.

그래도 꽃을 본 김에 그리고 싶은 마음이 들어 마당에 자리를

마당에서 만난 뱀딸기를 그리며

깔고 햇빛 가리개용 우산도 하나 꽂았다. 시원한 봄바람이 산들거리는 마당에 앉아 꽃을 그리고 있으니 무릉도원이 따로 없다. 아, 좋다! 느리게 살고 있다는 즐거움이 온몸으로 느껴졌다. 흙 속에서는 아무리 급해도 혼자만 앞서갈 수 없고, 아무리 느긋해도 혼자만 머물러 있을 수도 없다. 다 같이 더불어 가는 것이다. 천천히, 한 걸음, 또 한 걸음씩.

나와 들꽃의 만남은 꽤 오래되었다. 오래전, 달력에 들어갈 한국의 야생화 그림을 의뢰받아 그리면서 시작되었는데, 그 이후 풀이 좋아 계속 그리게 되었다.

꽃 중에서도 자잘한 들꽃이 좋다. 아스팔트 사이 작은 흙에서도 싹을 내고, 아무도 볼 것 같지 않은 자리에도 꽃을 피우는 들꽃은 바라보기만 해도 기쁨이다. 가진 것 없는 들꽃들이 다음에 피울 꽃을 위해 자신을 지탱해 준 줄기와 이파리마저 버리고 바람을 타고 떠나는 모습은 존경스럽기까지 하다. 많이 갖고도 더 갖고 싶어 하고 자기가 가진 것을 움켜쥐고 놓지 않으려는 욕심 많은 인간의 모습은 한낱 들풀만도 못해 보인다.

꽃을 그릴 때는 살아서 숨 쉬는 모습을 옮기려고 흙이 묻은 뿌리째 떠다가 물주머니나 병에 담아 놓고 그림을 그린다. 몇 시간 후 내 그림에는 싱싱한 꽃이 피어나지만 진짜 꽃은 그동안 시들어 버리고 만다. 미안하다! 역시 식물은 흙을 떠나서 살 수 없다. '흙'

은 모든 생명의 원천이고, 우리가 죽어서 돌아갈 고향 역시 '흙'이니까.

꽃을 그리는 동안 시드는 것이 미안해 화분에 담아서 그린 적도 있다. 그렇지만 처음부터 화분에서 자란 식물이 아니라서 들에서 자라는 풀을 화분으로 옮기는 동안 역시 시들고 만다. 그래서 우리 집 마당에 앉아서 흙에서 자란 꽃을 그려 보고 싶은 꿈이 생겼다. 별거 아닌 소박한 꿈같지만, 그 작은 꿈도 현실로 만들기가 쉽지 않다.

해마다 때가 되면 스스로 피어나는 여러해살이풀을 보기 좋게 가꾸려면 마당 있는 집에서 오래 같이 살아야만 가능하다. 차츰 흙에 가까이 가고 있으니, 꽃동산을 볼 날이 멀지 않았다고 믿는다. 조금씩 다가가다 보면 어느새 성큼 나타날 것이다. 찬란한 봄볕처럼.

마당에서 만난 뱀딸기, 김근희, 수채화

개나리 물주머니, 김근희, 수채화

Sugar Hill

세상에
버릴 것은 없어

우리는 창가의 식탁에 나란히 앉아 밖을 바라보며 아침을 먹는다. 서로 마주 보기보다 같은 곳을 함께 바라본다. 그날따라 뒷마당 소나무들이 바람에 몹시 흔들리고 있었다.

바람이 심하게 불고 날리는 나뭇잎이 점점 늘어나더니, 어느 순간 갑자기 나뭇잎이 쏟아 붓는 것처럼 떨어지기 시작했다. 색색의 나뭇잎이 팔랑팔랑 하늘을 수놓으면서 퍼져나가더니, 쿵-!

아, 수많은 나뭇잎이 비처럼 날리고, 나무가 쓰러지던 그 순간은 그동안 보았던 가장 아름다운 장면 중 하나였다.

마당으로 달려 나갔다. 옆집 나무가 우리 마당으로 넘어진 거

148

였다. 다행히 집도, 다른 나무도 모두 무사했다. 서 있을 때는 그렇게 큰 줄 몰랐는데, 마당에 벌렁 드러누운 나무는 정말 컸다. 이 나무의 시신을 어떻게 하지? 치우는 일도 큰일일 텐데.

며칠 동안 드러누운 나무를 바라보다가, 반짝 생각이 떠올랐다. 그래! 저 나무는 우리가 이 집으로 이사를 와서 주는 선물인 거야. 넘어진 나무를 활용해서 마당을 꾸미자.

다음 날부터 나무둥치를 올라타고 통통 뛰면서 나뭇가지를 부러뜨렸다. 매일 조금씩 잘라 크기와 부위별로 정리하니 나뭇단이 점점 높이 쌓였다. 처음에는 언제 다 치울까 싶었는데 하루하루 높아져 가는 나뭇단을 보자 뿌듯해졌다. 머릿속에는 돌아올 여름의 마당 그림이 좍 펼쳐지고 있었다.

큰 둥치로는 화단을 만들고, 잔가지들은 깔아서 길을 만들고, 긴 장대들은 토마토랑 오이 넝쿨 올릴 때 버팀대로 써야지. 잘 마른 나무들은 벽난로에 장작으로 쓰고, 타고 나서 생기는 재는 농사터에 거름이 되겠지.

큰 나무부터 잔가지까지, 버릴 것은 없었다. 무엇이든 세상에 온 이유는 뭔가 쓰임이 있어서니까. 그런데 나무는 알고 있을까? 자신들이 그렇게 쓸모 있고 좋은 일을 하고 있다는 것을? 살다 보면 스스로 알고 원해서 하는 좋은 일이 있고, 자기도 모르게 세상에 도움이 될 때도 있다. 그러기에 우리가 살면서 겪는 일 중에는 꼭 좋은 일도 없고, 반드시 나쁜 일도 없는 것 같다. 마음먹기에 따라 쓰러진 나무도 쓸모 있게 바꿀 수 있다. 안 좋은 일도 생각을 바꾸어 받아들인다면, 세상에는 정말 버릴 게 없을 것이다.

ⓒ 사과, 김근희, 수채화

우리의 '느림'은 세상의 빠름을 따라가지 않는다는 의미이다.

〈느리게 산다〉, 김근희·이담

쓰러진 나무를 잘라서 만든 화단

Sugar Hill
•
결혼기념일
벤치

나이도 잊고 세월도 잊고 살지만 결혼한 날이나 생일이 찾아오면 뒤를 돌아보게 된다. 벌써 그렇게 되었구나!

마음은 항상 이삼십 대에 머물지만 한 해 두 해 더 많은 숫자를 향해 달음질쳐 가는 나이에, 다시 맞이하는 기념일이 그다지 반가울 것도 없다. 우리는 결혼기념일을 대단하게 지내본 적이 없다. 사실 그리 특별한 날도 아니다. 결혼 후 새로 맞는 하루하루를 즐겁게 지낼 수 있으면 매일매일 기쁜 결혼기념일이 될 수 있다고 여긴다.

그저 저녁 먹을 때, "오늘이 우리 결혼한 날이야" 하고 내가 말하면, 나무꾼은 무릎을 치며 대답한다. "맞아. 어제까지 기억하고 있었는데 오늘 싹 까먹었네." 그리고 같이 와인 잔이나 부딪치면 그만이다. 다른 날과 별로 다를 바 없는 저녁이다. 생일도 마찬가지다. 선물이나 외식의 크기로 그날을 기념하기보다 서로 함께하고 있다는 게 중요한 거니까.

한번은 결혼기념일을 맞아 벤치를 만들기로 했다. 그런 핑계 없이도 늘 무언가를 만들지만, 그래도 이름을 붙이면 더 그럴듯해 보일 것 같았다. '결혼기념일 벤치!'

몇 해 전, 학교 거라지 세일에서 구한 티 테이블의 상판을 이용하여 식탁을 만들고, 다리를 남겨두었던 게 생각났다. 그 다리 위에 좌석만 올리면 근사한 벤치가 나올 것 같았다. 마침 색이 딱 맞는, 안 쓰는 문짝을 이용하기로 했다.

내가 제안한 도면에는 벤치 모양이 직사각형이었다. 그런데 나무꾼이 벤치 옆면을 둥글게 굴려보자고 했다. 둥글게 자를 수 있나 물어보니, 직소Jigsaw로 자르면 된다고 한다. 혹시 위험하지 않을까 재차 물으니 괜찮다고 한다. 나무꾼은 매우 위험한 일도 별거 아닌 거처럼 할 수 있다고 말한다. 나중에 물어보면 위험을 무릅쓰고 한 일들도 꽤 있어서, 다치지 않아 정말 다행이라고 가슴을 쓸어내리곤 한다.

나무꾼 말로는 스릴이 있어서 좋다지만, 큰일 날 말이다. 그가

어느 해 내 생일 날의 식탁. 나무꾼이 케이크를 굽고 선물로 생일 노래를 불러주었다.

그렇게 위험부담형이니 나는 매사에 돌다리를 두드려보지 않을 수 없다. 나는 앞뒤로 재고 들어가고, 그는 그저 돌격이다. 일하면서도 나무꾼이 잔뜩 어질러 놓으면 나는 빗자루를 들고 쫓아다니며 잔소리하기 바쁘다. 나무꾼 만나서 이렇게 고생하는 선녀가 어디에 있단 말인가.

그동안의 잔소리가 효과가 있었는지 이번에는 정말 나무꾼 혼자서 벤치를 다 만들었다. 벤치 상판의 양옆을 둥글게 도려내니 다리의 곡선과도 잘 어울렸다. 벤치를 현관 앞에 놓고 그 아래에 자주 신는 신발을 정리하여 놓았다. 그렇게 해두니 벤치에 앉아서 신발을 신고 벗기도 좋았다.

결혼기념일 벤치

Sugar Hill

•

더는
만들 게 없어

　장거리 이사를 준비하면서 뉴저지에서부터 살림살이들을 대폭 줄여왔다. 새로 이사 온 집은 전에 살던 집에 비해 실내 공간이 거의 갑절 이상이니, 짐을 풀어놓아도 빈자리가 많았다. 보기에 따라서 썰렁할 수 있지만, 우리 시각에는 텅 빈 느낌이 여백 많은 그림처럼 시원해 보여서, 앞으로도 집 안에 물건을 더 들이지 말자고 했다.

　몇 군데 손볼 곳을 고치고 나니 이제 만들어야 할 물건도 별로 없었다. 사용하던 긴 식탁까지 이웃에게 주고 이사 왔는데, 무엇을 또 만들겠는가.

그래도 목재가 아까워서 멀리까지 가지고 온 두꺼운 상판이 있었다. 그것으로 작은 테이블 두 개를 만들기로 했다. 큰 식탁 대신 작은 탁자를 임시 식탁으로 사용하려니 불편하기도 했다. 앞으로는 큰 식탁 하나 대신 작은 탁자 두 개로 큰 식탁을 구성하면 이동이 간편하고 경우에 따라 쓰임을 달리할 수 있겠다는 생각이 들었다. 같은 크기의 작은 탁자는 두 개를 붙여 놓으면 큰 정사각형 식탁이 되고, 나란히 놓으면 긴 식탁도 될 것이다.

식탁 만드는 날, 남쪽 지방답게 12월인데도 날씨가 온화해서 나무 다듬는 작업을 야외에서 할 수 있었다. 넓은 마당에서 맘껏 사포질해가며 목재를 매끈하게 다듬고 스테인을 발랐다.

그 식탁을 만든 후로, 우리는 아무것도 만들지 않았다. 그동안 재활용해 오던 나무도 거의 소비되어서, 우리가 어지른 것들을 치우기로 했던 목표는 마무리되었다. 앞으로 좀 더 살림을 간단히 하는 것으로 새로운 목표를 세웠다.

완성된 테이블에 마감 칠을 올리기 전. 밖에 내놓고 사포로 표면을 매끈하게 다듬었다.
나무는 뒷마무리가 깨끗해야 칠이 곱게 올라간다.

작은 식탁 두 개를 붙여 놓으면 큰 정사각형 식탁이 된다.

냉장고
청소

냉장고를 청소했다. 선반을 모두 꺼내어 물로 닦고 말리고 냉장고 속까지 스펀지로 싹싹 닦아내고 나니 머릿속이 시원하다. 불과 한 달 전에 닦았는데, 어느새 음식물이 저렇게 흔적을 남겼단 말인가. 냉장고를 닦을 때는, 사람 뱃속도 이렇게 닦아낼 수 있으면 좋겠다는 생각이 든다. 결국 이 냉장고에 있는 것들이 다 우리 몸속으로 들어가는 건데, 뱃속은 깨끗하게 청소도 못 하니 그 찌꺼기들이 얼마나 쌓일까?

가끔 장 보는 일을 미루고 냉장고 안에 있는 음식 재료를 모두 소비하는 게 좋겠다는 생각이 든다. 요즘은 대형 냉장고가 두 개나 있는 집이 많고, 냉장고 깊숙이 들어간 음식은 언제 넣었는지 기억이 안 나기도 한다. 시간이 지나면 상해서 버려야 할 텐데, 생활비 낭비는 물론이고 쓰레기까지 더 만드는 일이니 큰 손실이다.

냉장고에 음식물이 그득하면 왠지 숙제가 쌓인 기분이 든다. 유통기한 순서대로 잘 먹어야 하니 오늘의 메뉴뿐 아니라 내일, 모레의 식단까지 머릿속에 그려야 한다. 냉장고 안의 음식물이 떨어져 갈 때는 별로 고민할 게 없다. 재료 없음을 핑계로 있는 재료에 맞춰 간단히 조리하면 된다. 살짝 뭔가 빠진 것 같지만, 30년 가까운 주방장 경력이니 그래도 먹을 만하게 만들어낸다. 음식은 간이 잘 맞으면 재료가 덜 들어가도 먹을 만하다. 가끔은 부족하게, 약간 배고픈 듯이 먹는 것도 괜찮다.

오늘은 냉장고를 청소하고 남은 감자 한 개, 양파 반 개, 풋고추 서너 개를 모두 잘게 썰고 볶아서 채소 덮밥을 했다. 그 위에 달걀 프라이와 비빔 고추장을 얹고 미역국을 곁들이니 미리 준비한 식단처럼 그럴 듯하다.

음식을 만들어보면 새삼 채소가 품고 있는 자연의 색이 신비롭게 느껴진다. 홍당무나 가지를 보며 하늘과 물과 땅의 조화로 어쩜 이렇게 깊은 빛깔이 만들어질까 감탄하곤 한다. 그래서 장을 볼 때는 여러 가지 색의 채소를 골고루 담는다. 음식 색의 조화는 시각 효과뿐 아니라 영양 면에서도 만점이다.

이번 주에는 무엇을 해 먹을까? 계절에 맞는 재료가 어떤 게 있을까? 집에 남아 있는 재료와 함께 만들 수 있는 식단은 무엇일까? 다양한 생각을 하느라 시간이 걸리기 때문에 장을 보러 갈 때는, 꼭 내가 간다.

정기적으로 먹을거리를 사러 가는 일은 정말 중노동이다. 과일과 채소를 잔뜩 실어와도 일주일이면 없어진다. 그래서 장에 가기 전에는 밥을 먹고 가는 게 요령이다. 배가 고플 때 장에 가면 이것저것 다 맛있어 보여서 규모 없이 많이 사게 되니 말이다.

끼니때는 꼬박꼬박 돌아온다. 어제 아무리 잘 먹어도 오늘 또 먹는다. 자동차에 기름을 넣듯 밥도 일주일에 한 번만 먹으면 참 편할 텐데…. 우리같이 매일 세 끼를 집에서 해 먹는 경우는 아무리 간단히 먹어도 음식을 만들어 먹고 치우는 데 시간이 꽤 걸린다. 그래도 밥을 먹기 위해 일부러 식당에 가는 일은 거의 없다.

아침에 먹는 빵은 나무꾼이 만들고, 점심, 저녁은 내가 한다. 집이 곧 일터이기도 하지만, 밖에서 일했어도 도시락을 가지고 다녔을 것이다. 우리는 사 먹는 음식을 좋아하지 않는다. 식당 음식은 강한 인상을 주기 위함인지 자극적인 경우가 많고, 식당에서 먹다 보면 필요 이상으로 많이 먹게 된다. 기왕 돈을 주고 산 음식이니 아까워서 남기지 않고 먹으려는 경향이 있다. 특히 내가 제일 싫어하는 식사 방법은 바로 뷔페식이다. 찬 음식, 더운 음식, 온갖 음식들이 섞여서 어쩌다 뷔페 레스토랑에 초대받으면, 아무리 골라 먹어도 결국 탈이 나고야 만다. 눈이 부린 욕심에 잠시 마음이 흐트러졌기 때문이다.

미국은 한국에 비하면 사 먹는 음식이 비싸다. 미국도 음식 배달이 있지만, 배달료를 따로 내고 거기에 팁을 얹어야 한다. 미국은 인건비가 비싼 나라이니 음식 만드는 수고와 가져다주는 수고를 남에게 맡기면 그만큼 비싼 값을 치러야 한다. 게다가 봉사 요금으로 음식 값의 20퍼센트 정도 팁을 테이블에 놓고 나오니, 한 끼 외식 값이면 며칠 동안 집에서 먹을 재료와 맞바꿀 수 있다. 더불어 와인이라도 한 잔 곁들이고 싶지만 음주 운전도 신경이 쓰이니, 홈 레스토랑이 제일 편안하다. 집에서 약간 부족한 듯이 먹으면 몸에도 좋고 가계부도 풍요롭다.

냉장고 청소를 마쳤으니 다시 냉장고를 채우러 밖으로 나갈 때다. 마늘 한 톨까지 알뜰하게 다 먹고 나면 장 보러 가는 걸음이 가볍다. 먹이를 구하러 나가는 어미 새의 마음이 되어 나선다. 자, 또 나가보자.

watermelon, 김근희, 수채화

무엇을
먹을까

사십 대 중반을 넘기던 어느 겨울, 오래 아팠던 적이 있다. 어디 한 군데가 확실히 아픈 것은 아닌데, 온몸이 잘근잘근 쑤시는 몸살이 한 달 이상 갔다. 인터넷으로 이리저리 증상을 찾아보았더니, 여러 가지 수려한 병명들이 나왔다. 모르는 게 약이지, 돌팔이 상식으로 조금 알고 나니 왠지 심각한 병으로 느껴졌다. 아프지 않던 곳까지 아픈 느낌이었다.

도서관에 가서 건강에 관한 책을 찾아보았다. 건강 책이 정말 많지만 의학 용어를 나열한 책은 읽어도 무슨 뜻인지 모르겠다. 마침 영어책이지만 동양 의학적인 접근으로 경혈 지압을 설명한

『반사요법Reflexology』 책이 눈에 띄었다. 책을 따라 손, 발 마사지를 하고 가벼운 체조도 꾸준히 해보았더니 조금씩 효과가 나타났다.

아픈 증상만 낫게 하는 치료법보다 몸 전체 기운의 흐름과 조화를 맞추어 병을 예방할 수 있는 동양 의학적인 민간요법에 관심이 생기면서 우리가 먹는 재료에 대한 궁금증이 커졌다. 좋은 음식에 대한 정보는 숱하게 많다. 하지만 과연 지금 나에게 맞는 음식은 어떤 것일까? 내 체질에 맞는 음식을 골라 먹고 건강을 지킬 수 있다면 얼마나 효과적일까 하는 생각이 들었다.

건강과 음식에 관한 책을 찾아보니, 너무 많았다. 그중에서 내 궁금증을 풀어줄 책을 어떻게 찾을까 싶었다. 그래도 목표가 있으면 길이 보이는 법. 음식 재료가 가지고 있는 음, 양의 성질과 영양에 대하여 자세히 설명한 책을 찾았다. 온갖 음식 재료들은 물론이고 조미료, 향신료, 첨가물, 음식을 익히는 불의 종류까지 설명해 주는 방대한 책이라서 백과사전같이 두꺼웠다.

그 책을 완독하느라 여러 도서관에서 3개월씩 책 대여를 1년쯤 했더니, 딸이 엄마한테 꼭 필요한 책인 것 같다며 크리스마스에 선물로 사주었다. 맞는 말이었다. 책이 너무 두꺼워서 한 번 훑어본 것으로는 대강의 정보만 기억할 뿐, 다시 보고 싶을 때마다 책을 들춰 봐야 했다.

그렇게 1년을 지내는 동안 음식에 대한 생각이 완전히 바뀌었다. 히포크라테스도 음식이 곧 약이 되게 하라고 말하지 않았던가. 막연히 알고 있던 건강 정보들을 어디까지 실천해야 하나 망설이던 시점에서 이제는 문을 열고 안으로 쑥 들어온 기분이 들었다. 다시는 그 문으로 되돌아 나가고 싶지 않았다.

전에는 우리도 친구들을 초대하여 웃고 먹는 식탁을 즐기곤 했는데, 이제는 식탁 분위기가 너무 건강해져 같이 따라올 친구들이 없었다. 역시 식탁이 빈곤하면 야박해 보이는 모양이다. 먹는 것이 줄어드니 자연히 사람들과도 멀어졌다. 할 수 없지 뭐! 언젠가는 생각이 같은 사람들을 다시 만나게 되겠지. 사람들과는, 그렇게 오는 사람도 되고, 가는 사람도 되어 만나고 헤어진다.

책을 읽고 나서, 새로 무장된 마음가짐으로 장을 보러 가니 장 보는 시간이 더 걸렸다. 물건에 깨알 같은 글씨로 표기된 성분 표시들을 다 읽고 나면 사고 싶은 물건이 없다. 혀에서는 살살 꼬이는 생각이 꿈틀하지만, 머리 위에서 안 된다는 불호령이 떨어진다. 에이, 그거 안 먹어도 사는데 뭐! 한참 만지작거리다가 그냥 놓고 나오기 일쑤다. 점차 식생활이 바뀌면서 먹는 양도 줄어들었다. 한 3년 이상 지난 후, 몸이 가벼워진 것을 나 스스로 느끼고 주변에서도 건강해 보인다는 인사를 받았다.

나이 사십이 지나고 나면 신진대사가 줄어들기 때문에 10년에 10퍼센트 정도씩 식사량을 줄이지 않으면 체중이 늘게 된다고 읽었다. 나이가 들면서 전보다 더 많이 먹지 않는데도 자꾸 살이 찐다고 말하는 사람들을 보면 맞는 말인 것 같다.

우리의 바뀐 식생활을 살펴보면, 먼저 세 가지 하얀 것을 먹지 않게 되었다. 완전히 도정한 흰 쌀, 흰 밀가루, 정제된 하얀 설탕은 더 이상 사지 않았다. 흰 쌀이 들었던 쌀 병은 현미와 잡곡으로 알록달록하게 되었고, 빵도 정제하지 않은 통밀로 만들고, 설탕도 정제하지 않은 유기농 설탕으로 바꾸었다. 소금도 진짜 천일염을 넣었다. 고기류 섭취도 줄였다. 나는 원래 고기 음식을 잘 먹지 못하고 냄새 맡는 것도 싫어하지만 아이들한테까지 너무 채식만 시킬 수 없어서 규칙적으로 고기 음식을 만들었었다. 하지만 이제는 정말 드물게, 조금만 먹는다.

틱낫한 스님의 책에서 이런 구절을 보았다. "우리가 먹는 것이 바로 우리"라고. "고통받으며 슬프게 살다가 죽은 동물을 먹으니 그 슬픔과 고통이 우리 안에 쌓이지 않겠는가"라고. 기왕 먹으려면 그래도 좀 나은 환경에서 사육된 고기로 조금만 먹는 편이 좋다.

자동차로 장거리 여행을 갈 때도 패스트푸드 음식점에서 햄버거나 치킨을 사 먹는 대신에 먹을 것을 집에서 싸가지고 나선다. 소풍 가는 것처럼 샐러드, 과일, 고구마, 달걀을 준비해 휴게소에서 먹는다.

조리 방법도 많이 달라졌다. 가능하면 음식물을 못살게 굴지 않고 재료 본래의 맛으로 먹으려고 노력한다. 기름에 지지고 볶는 음식보다는 살짝 쪄서 재료의 맛을 살리려고 한다.

우리는 다른 이들이 보기에 참 까다롭게 산다. 그렇지만 뒤집어 생각하면 간단하다. 음식이 내 입으로 들어가는 순간 적어도 몸에 해롭지 않다는 확신이 있으면 좋지 않을까? 요즘은 먹을 게 없어서 걱정이 아니라 무엇을 먹을까, 먹지 말까를 고민하는 세상이 되었으니….

음식 재료를 까다롭게 고르다 보니 집에서 키워 먹는 것에도 관심이 생겼다. 제일 쉽게 실천할 수 있는 것은 새싹 키우기다. 새싹 재배기 하나에는 알팔파, 브로콜리, 머스터드, 무순 같은 새싹 채소를 키우고, 다른 하나에는 콩나물이나 숙주나물을 돌려가며 키운다. 한겨울에도 파릇한 새싹 채소를 바로 뽑아 밥상에 올릴 때, 축복받은 기분이 든다. 그렇게 키워 먹는 재미가 늘다 보니 우리가 먹을 채소는 텃밭에서 수확하고 싶다는 꿈이 더욱 커져간다.

왼쪽 위부터 시계 방향으로 브로콜리, 무순, 녹두(숙주나물), 메주콩(콩나물)

맨손으로
맹물로

우리 집에는 소화제나 두통약 등의 상비약이 없다. 그런 약을 먹지 않은 지 오래되었다. 그럼, 몸이 안 좋을 때는 어떻게 할까? 감기에 걸리면 나을 때까지 앓고, 소화가 안 되면 좋아질 때까지 굶는다. 아주 무식한 처방이다. 그렇지만 약을 안 먹은 지 오래되니 여간해서는 감기에 걸리지 않고 소화에도 별 문제가 없다.

우리는 병원에도 거의 안 간다. 그동안 미국에 살면서 병원 신세 진 일은 딸아이가 다섯 살 때 넘어져서 손목이 부러졌을 때, 방충망이 떨어지면서 나무꾼의 눈을 스쳤던 때, 두 번이다. 뜻밖의 사고를 당했을 때는 어쩔 수 없이 병원을 찾았지만, 그밖에는

172

아이들 어린 시절 동네 병원에 두어 번 갔던 게 전부다.

건강관리라고 해서 뭐 특별한 것도 없다. 평소에 음식 재료를 좋은 것으로 구해 조금씩 먹는 게 첫 번째다. 아무 맛도 느낄 수 없는 약 대신 맛있는 건강식으로 먹으면 입도 즐겁다. 두 번째는 매일 규칙적으로 움직인다. 우리가 살던 집은 늘 2층집이었다. 지하실부터 다락까지 4층 계단을 하루에도 여러 번 왕복해야 했다. 나이가 들수록 계단 오르내리기 힘들다고 단층집을 찾는 사람도 있지만, 우리는 계단 있는 집을 선호한다. 매일 조금씩 움직이는 거리가 쌓이면 무시할 수 없는 운동량이 된다. 아래, 위층 오가는 일을 귀찮아하지 않고 즐겁게 받아들이고 매일 체조도 한다. 가벼운 체조로 몸을 움직이고 나면 한결 몸이 가볍고 머릿속까지 시원하다. 바쁜 일이나 여행 때문에 며칠 체조를 거르면 몸이 무겁게 느껴진다. 매일 밥을 먹듯이 몸 구석구석의 세포들도 매일 움직이고 숨 쉬고 싶어 하는 것을 느낀다.

건강한 사람의 척도는 뒷모습에 있는 것 같다. 나이 드신 분 중에 허리가 꼿꼿하고 목선이 고운 분을 만나기 어렵다. 그만큼 몸이 굳어 가는 것이다.

나이가 들면서 가장 먼저 노화를 실감하는 부분으로 눈을 꼽을 수 있다. 눈 건강은 누구에게나 중요하지만, 우리 같이 그림 그리는 사람은 눈의 상태에 특히 민감하다. 나무꾼은 어린 시절 몸이 무척 약했다고 한다. 늘 감기에 잘 걸리고 걸핏하면 소화도 잘 안 되어서 일찍부터 건강한 생활 습관에 관심이 많았다. 그래서 늘 새로운 건강법을 찾아내어 실천해 보곤 했는데, 그중 하나가 '눈 운동'이다. 언제부터인가 눈 운동을 시작하더니 너무 좋다고 아침마다 하루도 빠짐없이 하고 있다. 그렇게 꾸준히 해온 지 20년 이 넘었다. 너무 좋다고 내게도 하라고 권했지만 바쁜 아침 시간 을 쪼개어 눈 운동을 할 여유를 갖지 못했다. 그러던 중 한 해, 두 해 다르게 눈이 먼저 나빠지는 것을 느끼며 눈 운동의 효과를 늦 게나마 실감하게 되었다. 진작부터 했으면 좋았을 거라는 아쉬움 이 들었지만, 이제라도 시작한 게 다행이라고 여기며 꾸준히 하고 있다.

눈 운동은 아침과 밤, 두 번 한다. 얼굴이 담길 정도의 큰 그 릇에 찬물을 받아서 눈을 뜬 채로 얼굴을 담근다. 얼굴을 움직이 지 않고 눈동자만 움직이는 것을 반복한다. 위, 아래로 끝까지 세 번, 좌우로 끝까지 세 번, 시계 방향으로 세 번, 시계 반대 방향으 로 세 번 돌린다. 숨이 차면 얼굴을 들고 숨을 한 번 쉰 다음 다시 같은 동작을 두 번 더 반복한다. 물은 정수기 물이나, 밤에 받아서 하룻밤 재워 놓은 물을 쓴다. 몇 년째 눈 운동을 해온 경험상 이 미 노화가 진행된 눈의 시력이 다시 좋아질 수 없지만, 더 나빠지 는 않는 것 같다. 그리고 눈 운동을 못 한 날은 구름이 낀 날처럼 뭔가 시원한 맛이 없고 답답함이 느껴진다.

우리가 건강을 지키기 위해 매일 하는 것은 그밖에도 많다. 아침에 눈 뜨자마자 둘이 같이 손뼉치기를 하고, 나무꾼은 냉온욕도 한다. 그런 나무꾼을 보고 마을 사람들은 그를 '도사님'이라고 부른다. 이름까지 그럴듯한 '담학 도사'에게 건강 정보 한 수를 물으면 그가 권하는 비법이 하나 있다. 비누나 샴푸를 쓰지 않고 물로만 씻는 것이다. 우리 몸을 싸고 있는 얇은 보호막을 굳이 비누를 써서 제거해 낼 필요가 없다는 논리다. 우리 피부의 숨구멍 하나하나의 흡수 역할이 코와 입을 통한 호흡과 마찬가지이기 때문에 먹을 수 없는 물질인 비누나 샴푸는 피부에도 바르지 않는 것이다. 매일 샤워를 하니까 굳이 비누로 벗겨 낼 만큼 때도 없고, 매번 비눗물을 흘려보내는 것 또한 환경에도 좋지 않으므로 나도 비누를 쓰지 않는다. 그렇지만 샴푸를 안 쓰는 일은 엄두가 안 났다. 샴푸에 들어 있는 계면 활성제가 우리 몸에 안 좋을 뿐만 아니라 환경에도 안 좋은 것을 알고 있지만, 어떻게 샴푸 없이 머리를 감을까? 그런데 오랫동안 나무꾼의 머리를 깎아주다 보니 10년 넘게 샴푸를 쓰지 않은 그의 두피가 더 깨끗하고 모발도 기름지지 않은 걸 알게 되었다. 나도 용기 내어 샴푸를 끊고, 머리를 따뜻한 물에 오래 헹궈내면서 지내보았다. 그랬더니 짧은 머리였을 때는 괜찮은데, 머리카락이 조금 길어지면 불편했다. 그래서 요즘은 머리카락 길이를 짧게 유지하고 있다. 부부는 흉보면서 닮는 다고 그가 오래 실천해 온 것들을 나도 하나둘 받아들인다.

　건강을 지키기 위하여 우리가 실천하는 것들이 다 옳다고 말할 수는 없지만 한 가지 자신 있게 말할 수 있는 것은 특별한 기구나 돈을 들이지 않고도 의지만 있으면 꾸준히 할 수 있다는 것이다. 맨손으로, 맹물로!

집을
비우며

대학 졸업을 앞둔 딸에게 앞으로의 계획을 물어보니, 뜻밖에도 한국에서 2년 정도 머물고 싶다고 한다. "정말? 왜 가는데?" 마음속으로는 좋으면서도 믿을 수 없어서 묻고 또 물었다. 딸의 대답은 몇 해 전부터 관심이 생긴 풍물을 배우고 한국말도 익혀서 유창하게 말하고 싶다는 것이었다. 지금 미국에서 직장을 잡으면 앞으로 그럴 기회를 만들기가 어려울 것 같다고 나름의 계획을 세우고 있었다.

1990년 6월 28일 우리 가족이 뉴욕에 첫발을 내디뎠을 때 딸아이는 세 살이 채 지나지 않았었다. 20여 년이 지난 시점에서 한국에 가면 느끼게 될 언어와 문화 차이 때문에 즐겁지만은 않으리라는 생각이 들었다. 그래도 염려보다 반갑고 고마운 마음이 앞섰다. 한국에 다녀오라고 권하고 싶었지만 자신의 앞날을 정하는 일이라 말을 아끼고 있었는데, 스스로 그런 생각을 가졌다니 반가웠다.

처음 미국에 오자마자 아들은 초등학교 1학년에 입학했다. 어느 날 갑자기 달라진 환경과 생소한 언어에 무조건 적응해야 하는 상황이 어린아이에게는 힘들었을 것이다. 반면에 그때, 세 살이 채 되지 않았던 둘째 아이는 저절로 영어를 배우며 자랐다. 몇 년 후 우리 모두 한국으로 돌아가는 문제를 심각하게 고민할 때 무엇보다도 아이들이 가장 큰 문제였다. 다시 한국에 가면 한동안은 또 달라진 환경에 적응하느라 힘든 시간을 되풀이해야 할 텐데. 한창 자라는 아이들은 익숙해진 이웃과 친구들이 있는 이곳에 남고 싶어 했다.

그런데 이제 대학을 마치고 자신의 결정으로 한국 문화를 배우고 싶다니 고마운 일이었다. 큰아이는 몇 해 전 대학을 마치고 풀브라이트 장학금으로 한국에 1년간 다녀온 적이 있다. 그 후 미국으로 돌아왔다가 한국에서의 시간이 너무 짧아 아쉬웠다며 다시 한국에 가서 머물고 있다. 게다가 이제 둘째 아이까지 한국에 가겠다니, 그럼 우리만 미국에 남게 될 터였다. 그렇다면 우리도 아이들과 함께 한국에 다녀오는 게 좋겠다는 생각이 들었다.

지난 몇 해 동안, 정말 아이들 얼굴 보기가 어려웠다. 집에서 멀리 떨어진 대학에 다니니 비행기를 타야지만 만날 수 있었다. 두 아이와 떨어져 지낸 지도 한참 되었고, 우리는 출근하는 직장인이 아니니 아무 곳에나 살아도 상관없겠다는 생각이 들었다. 한국에 계신 부모님도 자주 뵐 수 있으면 좋아하시겠지.

지나가는 말로 시작한 한국행은 점점 현실로 다가왔다. 그렇지만 이곳에 이사 온 지 1년도 채 안 되었는데⋯ 오랫동안 집을 비워 놓을 수도 없고, 자동차는 어떻게 해야 하나? 한두 달 나들이가 아니고 1년 이상 집을 비우자니 뒤통수 당기는 일이 한둘이 아니었다.

'⋯'

결정이 안 날 때는 하늘을 보는 게 좋다. 하늘을 보면 뭔가 떠오르는 게 있다. 1년 이상 한국에 머물 기회가 생기면 머릿속에 맴돌고 있는 우리의 옛 문화에 대한 자료도 더 찾을 수 있을 거라는 생각이 들었다. 몇 년에 한 번씩 짧게 다녀오는 한국 방문이 늘 아쉬웠는데, 어쩌면 다시없는 기회가 될 수 있겠다는 생각이 들었다. 마음은 멀리 한국에 보내 놓고 여기서 채소와 꽃을 돌보는 일이 손에 잡힐 것 같지 않아 텃밭과 꽃동산의 꿈을 잠시 미루기로 했다.

그래, 가는 거야! 결단을 내렸으니 이곳 살림을 정리해야 했다. 집을 세놓으려면 살림살이를 치워야 하니, 이번 참에 세간이랄 것도 없는 살림을 더욱 간단히 줄이기로 했다.

인터넷에 무빙 세일 광고를 올렸더니 불티나게 전화가 왔다. 물건을 사러 온 사람들은 물건의 질이 좋으면서 값이 싸다고 좋아했다. 어차피 치우자고 하는 무빙 세일이니 값이 좋으면 물건은 잘 나가게 되어 있다. 누구든지 가져가서 잘 쓰면 그것도 세상에 도움이 되는 일이니까. 올리는 물건마다 몇 시간 안에 모두 팔렸다. 하루하루 점점 비워지는 방을 보니 기분이 좋았다.

다시는 채우지 말아야지. 언제라도 가방 하나만 들고 떠날 수 있으면 좋으련만. 그림 액자와 책, 마지막까지 필요한 주방용품은 2층 다락방에 두고 가기로 했다.

한국으로 갈 가방을 챙기며 20여 년 전 미국행 보따리를 싸던 때가 떠올랐다. 그때도 이렇게 가방 몇 개만 들고 미국에 왔었는데…. 또 다시 캠핑이 시작된다. 다음에는 어떤 집으로 가게 될까?

비 맞지 않고, 춥지 않으면 되는 거지.

길, 이담, 왁스페인팅

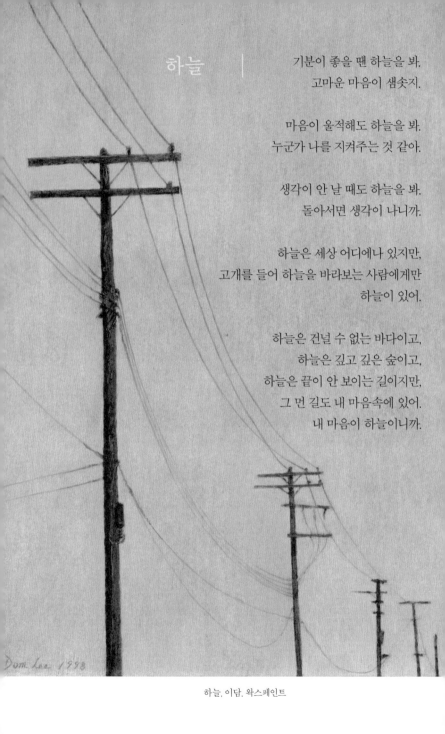

하늘 |

기분이 좋을 땐 하늘을 봐.
고마운 마음이 샘솟지.

마음이 울적해도 하늘을 봐.
누군가 나를 지켜주는 것 같아.

생각이 안 날 때도 하늘을 봐.
돌아서면 생각이 나니까.

하늘은 세상 어디에나 있지만,
고개를 들어 하늘을 바라보는 사람에게만
하늘이 있어.

하늘은 건널 수 없는 바다이고,
하늘은 깊고 깊은 숲이고,
하늘은 끝이 안 보이는 길이지만,
그 먼 길도 내 마음속에 있어.
내 마음이 하늘이니까.

하늘, 이담, 왁스페인트

적게 갖고
풍요롭게

한국에 도착해서 2년간 머물 곳으로 속초를 택했다. 산과 바다가 가깝고 오래된 풍물단이 있는 속초는, 나무꾼과 나는 그림을 그리고 딸아이는 장구를 배우며 지내기에 적당해 보였다.

작은 아파트를 빌려서 임시 거처를 마련하고 여행 가방을 풀었다. 아무것도 없는 빈방에 앉으니 작은 집도 좁아 보이지 않았다. 텅 빈 느낌이 좋아서 더 물건을 들이고 싶지 않았다. 살다 보면 또 살림이 늘겠지만, 마음을 단단히 먹고 아주 기본적인 것 외에는 들이지 말자고 다짐했다.

얼마 후 미국을 떠나기 전에 배로 부친 그림 도구와 작업 책상, 책이 도착해 작은 집이 다시 꽉 차게 되었다. 많은 짐은 아니지만, 공간이 워낙 작으니 물건을 정리할 수납 선반이 아쉬웠다. 미국 집에 두고 온 수많은 나무 상자와 선반이 떠올랐다. 홈 디포 같은 곳이 없어서 나무를 구할 길이 없었고, 설사 나무가 있다고 해도 톱질하고 망치질을 할 목공실도 없었다.

그렇지만 마음먹기에 따라 불편할 수도 있고 아닐 수도 있으니, 없는 것을 그리워할 게 아니라 잠시 캠핑 나온 거라 치면 크게 불편할 것도 없었다. 이만하면 캠핑치고 넓고 편한 잠자리가 아닌가. 좁은 집에서 쾌적하게 지내려면, 소유하지 않아야 한다.

여행을 준비하며 가방을 꾸리다 보면, 넣은 게 별로 없는 것 같은데도 어느새 꽉 찬다. 특히 비행기 여행은 한 사람당 제한된 가방 무게가 있으니 신경 써서 짐을 싸느라고 물건을 넣었다 뺐다 하기 일쑤다. 이렇게 짐을 싸다 보면 전쟁을 겪은 부모님 세대가 피난을 떠날 땐 어떤 심정이었을까 하는 생각이 문득 든다.

지금 당장 사는 곳을 떠나야 한다면 우리는 과연 무엇을 들고 나가려 할까? 만일 그 길이 다시 돌아올 수 없는 길이라면?

요즘은 사람들 사는 곳, 어디나 물건이 넘친다. 다 소비할 수 없을 만큼 물건이 남아도는데도 새 물건은 계속 생산된다. 한쪽에서는 만들어내고, 다른 한쪽에서는 내다 버린다. 사람을 위해서 물건을 만드는 건지, 물건을 만들려고 사람이 있는 건지 모를 정도다.

사람들이 버리는 쓰레기가 땅속에서 썩고 분해되려면 상상할 수 없이 오랜 시간이 소요된다. 인간이 만들어낸 심각한 환경오염으로 인해 지구 구석구석이 병들어 가면 지구에 사는 동식물들 또한 서서히 사라질 것이다. 우리가 사는 지구는 더불어 사는 세상이다. 따라서 어느 한쪽의 고통은 이어서 다른 곳으로 옮겨가게 되어 있다.

사랑하는 자식들에게, 또 귀여운 손자들에게 남겨 주고 싶은 세상은 아름답고 건강한 환경이다. 그러기 위해서는 마음을 조금씩 비우고, 주변을 조금씩 더 치우면 좋겠다. 그리고 조금만 더 부지런해지면, 그것들이 모여 훗날 큰 고마움으로 돌아올 것이다.

우리 모두 갖고자 하는 마음을 조금씩만 덜어낸다면

이 세상은 정말 풍요로워질 거다.

우리 모두 자기가 어지른 것을 치운다면

지구는 깨끗해지고,

우리 모두 작은 일에 고마워한다면

세상은 조금 더 아름다워질 것이다.

강아지풀, 김근희, 수채화

"어느 한쪽의 고통은
이어서 다른 곳으로 옮겨가게 되어 있다."

II.
설악산
아래에서

설악산 아래 우리가 살던 마을 오솔길, 이담, 왁스페인팅

1. 버리지 않고 다시

Upcycling

다시 만드는,
목공 인테리어

2009년 가을, 한국으로 오는 짐을 꾸리면서 살림을 얼마만큼 가져와야 할지 고민이 많았다. 한두 달도 아니고 2년이나 머물려면 웬만한 살림은 모두 필요한데 그렇다고 전부 갖고 올 수 없었다. 너무 줄여서 오면 한국에서 다시 장만해야 하니 비용도 만만치 않았다. 사실 새 물건을 구입하지 않고 생활한 지 오래되어 물건을 사러 다니는 것이 피곤한 일이기도 했다. 궁리하며 예산을 맞춰보다가 우리가 만든 가구 몇 개와 그림 도구, 꼭 필요한 살림살이 몇 가지만 한국으로 가져 왔다.

우리는 속초의 자그마한 아파트에 살림을 풀었다. 집도, 방도,

밥 먹는 그릇의 크기까지도 작아진 공간에 적응하려니 소꿉놀이를 하는 것 같았지만, 잠시 불편해도 살림을 늘리지 말자고 다짐했다. 떠날 때 또 짐이 될 테니 말이다.

한국 생활이 1년쯤 지났을 때, 2년 머물려던 계획보다 더 길어질 것 같아서 조금 넓은 아파트로 옮겼다. 20평에 살다 30평대로 오니 공간이 여유로워졌고, 주방의 미니 아일랜드 조리대에서 간단한 목공작업도 할 수 있게 되었다.

나무꾼은 미국을 떠날 때 차고에 가득한 목공 연장을 두고 오는 걸 몹시 섭섭해했다. 한국 생활은 임시 거주라고 여겨 간단한 손 연장 몇 개와 전동드릴만 갖고 왔는데, 미니 아일랜드에 클램프를 고정하고 톱질을 할 수 있게 되니 이게 얼마만의 목공인가 싶었다.

아일랜드 작업대에서 간단한 수납 선반을 만들어 살림을 정리해 넣으니 비로소 내 집에 온 것 같았다. 그 후 우리는 재활용할 수 있는 목재가 생길 때마다 필요한 것을 조금씩 만들었다. 임시 캠핑이라 여기고 1년은 불편을 감수하고 지냈지만, 캠핑이 길어질 조짐이 보여서 어느 정도의 개선은 필요했다.

주위를 둘러보면 고쳐 쓸 수 있는 나무는 충분히 구할 수 있었다. 생활이 풍족해진 만큼 버리는 물건들이 넘쳐나서, 이사 트럭이 다녀가고 나면 아파트 재활용 수거장에 멀쩡한 가구가 쏟아져

나왔다. 분해한 책꽂이 등은 활용하기 좋은 목재였고, 지인의 집에서 안 쓰는 이층침대를 받아 오기도 했다.

우리가 스스로 가구를 만드는 이유는 멋진 가구를 만들려는 게 아니라 공간을 적게 차지하면서 수납하려는 것이 가장 큰 목적이다. 남의 집에서는 쓸모가 없어진 가구도 적당한 크기로 잘라 고치면 틈새에 딱 맞는 맞춤 가구가 되었다. 큰 가구에 나의 공간을 양보할 필요 없이, 내가 필요한 만큼만 가구를 놓으면 주거 공간이 그만큼 넓어진다. 그래서 우리 집에 와본 사람들은 모두 집이 넓어 보인다고 말한다. 가장 좋은 인테리어는 집을 채우는 것이 아니라 비우는 여백이니까 말이다.

그렇게 삶을 바꾸는 톱질로 1년 남짓 지나는 동안 우리는 버리는 가구를 재활용하여 50여 개의 수납 가구와 소품을 만들었다. 그 과정을 기록한 『재활용 목공 인테리어』를 출간하기도 했다.

분리수거장에 버려진 가구들

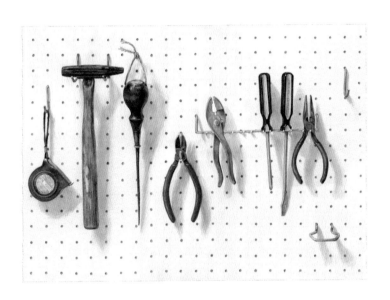

연장. 김근희. 수채화

버리는 침대에서
식탁으로

밖에서 사 먹는 음식을 좋아하지 않는 우리는 손님이 왔을 때도 집에서 간단하게 먹는다. 같이 밥을 먹다 보면 우리가 만든 가구 이야기가 자연스럽게 나오는데, 지금 앉아 있는 식탁을 버리는 침대로 만들었다고 하면 누구나 깜짝 놀란다.

식탁의 재료가 된 이층침대는 지인이 이사 가면서 주고 간 것이다. 아이들이 쓰던 이층침대가 혹시 소용이 되겠냐고 물어서 어떤 나무인지 가서 보았다. 비록 재활용 목재라도 나무의 재질과 집 전체의 색을 맞추는 일은 중요하기 때문에 직접 보고 결정하는 게 좋다. 이층침대는 밝은 원목 집성목이어서 우리 집 분위기

196

와 어울려 보였다.

2층침대를 분해해서 집으로 가져온 날은 오랜만에 생긴 목재를 보며 무엇을 만들까, 행복한 궁리를 많이 했다. 필요한 물건 중에서 먼저 식탁을 만들기로 했다. 미국에서 작은 식탁 두 개를 세트로 만들었는데, 하나만 가져왔기 때문에 좁아서 불편했었다.

큰 식탁을 만들자며 도면을 그렸는데, 도면과 목재의 양을 맞춰 보니 나무를 거의 다 써야 했다. 오랜만에 생긴 나무로 식탁 하나만 만들기는 아까우니, 식탁 상판의 나무 간격을 벌려서 재료를 아끼기로 했다. 식탁을 만들어놓고 보니 무겁지 않아서 이동하기에도 좋았다. 상판 목재를 간격 없이 다 붙였으면 아마 무게도 상당했을 것이다.

우리가 버리는 가구를 고쳐서 집의 살림살이를 수납했다고 하면 사람들이 공통으로 물어보는 내용이 있다. 어렵지 않은지, 초보자도 할 수 있는지, 먼지가 많이 날리지 않는지, 시간이 오래 걸리는지 등이다.

톱질을 하면 톱밥은 당연히 나온다. 그래서 톱질하는 자리 아래 넓은 종이상자를 놓아서 톱밥 대부분을 받아내고, 주변으로 흩어지는 나머지 톱밥은 바로바로 청소한다. 그렇지만 손으로 하는 톱질은 전기톱으로 자를 때 생기는 미세한 톱밥 먼지처럼 공중으로 퍼지지 않는다. 톱질 소리도, 쓱싹쓱싹 톱질은 소음이 크지 않고, 목재를 조립할 때도 망치로 땅땅 치는 게 아니라, 전동드릴을 이용해서 나사못으로 고정하기 때문에 소리가 크지 않다. 나사못을 이용하는 이유는 다음에 그 물건을 해체해서 다른 용도로 사용할 때 분해하기 쉽게 하기 위함이다. 가능하면 못이 안 보이도록 만들지만, 설사 나사못 자리가 드러나도 메우지 않는다. 뭐든지 영원한 것은 없으니 나무의 다음 활용성을 열어두는 것이다.

초보자도 할 수 있는지, 어렵지 않은지, 시간이 얼마나 걸리는지에 대한 대답은 한 가지다. "쉬운 것부터 한 번 만들어보세요."

무엇이든 시작이 반이 아닌가. 일단 한 가지를 만들고 나면 다음 아이디어는 저절로 떠오른다. 요즘은 사람들이 목공에 관심이 많아져서 DIY 가구를 만들고 싶어 하는 사람이 늘고 있다. 하지만 전동 연장과 목재 가격이 만만치 않아 선뜻 시작하기 쉽지 않다. 그러나 재활용 목공은 목재 값이 들지 않으니 망쳐도 크게 아까울 게 없고, 손 연장 몇 개만으로도 가볍게 시작할 수 있다.

이층침대로 만든 식탁

사다리 모양
수납장

목공작업이 대개 그렇듯 재활용 목공 역시 좋은 재료를 얻는 일이 중요하다. 기왕 공들여 만드는데 재료가 부실하면 일하는 동안 힘든 것은 물론 결과도 마음에 들지 않는다. 특히 재활용할 목재는 나무의 재질뿐 아니라 원래의 모양도 중요하다. 원래의 모습에 장식이 많으면 그 장식을 그대로 사용하거나 잘라내야 하니 제약이 많다. 활용하기 좋은 목재는 판판한 원목이다.

어느 날 좋은 목재를 얻을 기회가 생겼다. 음성에서 도자기 공방하시는 선생님이 작업장의 진열 선반을 쓰겠냐고 연락을 주셨다. 전화로 상태를 들어보니 나무도 좋은 거 같고 분량도 많아 보였다.

서울 다녀오는 길에 도자기 공방에 들러 진열장을 살펴봤다. 진열장은 소나무 집성목으로 곰팡이가 더러 슬었지만, 쓸 만해 보였다. 그런데 운반이 문제였다. 재활용하자고 장거리 트럭을 이용하면 배보다 배꼽이 더 커진다. 궁리 끝에 만들 품목의 도면을 미리 그려서 도자기 공방에서 대강 재단하여 승용차에 실어오기로 했다. 진열장을 보러 간 날은 목재의 크기를 자세히 적고 분해된 선반 몇 개만 차로 실어왔다.

나무가 많이 생기자 부자가 된 기분이 들었다. 만들고 싶은 것이 여럿 떠올랐는데 그중 주방 베란다에 놓을 선반장을 먼저 만들기로 했다. 폭이 1미터도 안 되는 좁은 베란다지만 바닥부터 천장까지 알뜰하게 수납하면 주방 살림에 꽤 도움이 될 거라는 생각이 들었다. 베란다 유리창의 시야도 가리지 않으려면, 아래는 넓고 위로 가면서 좁아지는 사다리 모양이 좋겠다 싶었다. 선반장 아래 칸에는 큰 바구니를 넣고, 위 칸에는 작은 용품이 가지런히 들어간 모습을 구상하며 도면을 그렸다. 얼마 후 도자기 공방에 다시 가서 도면대로 큰 재단만 하여 목재를 싣고 왔다. 재료가 넉넉한 덕분에 선반 장을 두 개 만들어서 베란다 양쪽에 놓았다. 협소한 베란다지만, 이곳저곳 흩어져 있던 주방용품이 층마다 자리를 잡으니 효율적인 공간이 되었다.

사다리 모양 선반 장에는 주방에 도움이 되는 소품도 만들어 넣었다. 선반 아래 위치한 쌀 유리병에 받침을 만들고 바퀴를 달아 앞에 손잡이까지 붙이니 수납이 한결 수월해졌다. 또 하나는 바나나 걸이다. 바나나 걸이를 만들 만한 자투리 나무를 찾아보니, 톱질 한 번 안 하고도 구색 맞출 것들이 눈에 들어왔다.

하나씩 보면 쓸모없는 조각들이지만, 그것들이 모여 뭔가 새로운 일군이 되는 맛에 재활용 목공이 즐겁다.

쌀 병 받침/ 바나나 걸이

사다리 모양 수납장

가볍고
단순하게

아파트 경비실 앞에 헌 의자가 네 개 놓여 있었다. 흰색 페인트가 군데군데 벗겨지고 낡은 헝겊 방석은 떨어져 너덜거렸지만, 둥글게 휜 등받이가 편해 보이고 크기도 아담했다. 의자를 들어보니 가뿐해서 이동이 많은 우리 집에 적합했다. 마치 진흙 속에서 보석을 찾은 듯 신이 났다. 상황을 보니 버린 거 같은데, 그래도 혹시 주인 있는 물건이 아닌지 경비실에 물어보니 흔쾌히 가져가라고 하신다. 경비아저씨는 큰 쓰레기를 줄여서 좋고, 우리는 새 의자가 생겨서 좋았다. 남들 보기에는 버려진 의자지만 우리의 머릿속에는 벌써 새로운 모습이 그려지고 있었다.

집으로 의자를 들여와 살펴보니 원래 갈색 나무에 인조가죽 방석이었는데, 누군가 나무를 흰색으로 칠하고 방석도 헝겊으로 바꾸어 사용하다 버린 거였다. 이 정도 수선쯤이야. 헝겊이 벗겨진 방석은 뜯어내고, 자투리 원단으로 천갈이를 했다. 이미 흰색 페인트가 칠해져 있으니, 그 위에 하얀 페인트를 한 번 덧칠했다.

수선을 마친 의자는 머릿속으로 상상했던 것보다 더 깔끔하게 변했다. 요란한 조각이나 장식이 없어서 단순함을 좋아하는 우리 집에 어울렸다.

식탁의자

숨은그림
찾기

목공뿐 아니라 고쳐 만드는 바느질거리도 많아서 재봉틀은 우리 집 필수품이다. 친정어머니가 돌아가신 후 오래된 옷장과 키 낮은 재봉틀이 내 몫으로 남겨졌다. 미국에 있는 동안 오빠 집에 맡겨 두었다가 속초 집으로 옮겨 왔다. 언제라도 나무가 생기면 의자 높이에 맞는 재봉틀 책상을 만들고 싶었다.

하얀 의자 세트 네 개가 생기기 전에 사용하던 의자가 있다. 그 의자들은 지인이 준 것으로 썩 마음에 들지는 않았지만, 당장 필요해서 쓰고 있었다. 그런데 마음에 드는 의자가 생기니 먼저 사용하던 의자가 갑자기 갈 곳을 잃었다. 재활용 수거장으로 내보

분해한 의자를 이용하여 만든 재봉틀 책상과 스툴

내야 할지 고민하던 중, 그래도 뭔가 쓰임이 있을 것 같아서 며칠 동안 의자를 바라보며 궁리했다.

그러다가 어느 순간 머릿속의 작은 이미지들이 퍼즐 맞추듯이 짝을 찾았다. 의자 두 개를 분해해 곡선으로 휜 다리 두 개를 이용해서 재봉틀 책상을 만들면 어떨까? 나무꾼에게 구상한 것을 설명하면서 만들기가 가능할지 물어봤다. 상상한 디자인과 실무는 다를 수 있으니까. 나무꾼의 대답은 물론 가능하고, 의자 두 개를 이용하여 재봉틀 책상을 만들고 나머지 의자 두 개로는 다림질 받침대를 만들자고 했다. 바느질과 다림질은 항상 함께하는 일임을 나무꾼도 그동안 보아서 잘 알고 있었기 때문이다.

별로 흡족하지 않던 의자가 뜻밖에 멋진 재봉틀 책상으로 탄생하는 걸 보니, 세상일에도 한 가지 답만 있는 건 아닌 거 같다. 그림을 거꾸로 뒤집어 보고 옆으로 돌려서 보면 다른 이미지가 보인다. 재료를 보고 아이디어를 짜면서 물건에 숨어 있는 모습과 기능을 찾을 때는 마치 '수수께끼 풀이'나 '숨은그림 찾기'를 하는 것 같다.

재봉틀 책상을 만들고 나서 얼마 후, 재활용수거장에서 접이식 의자를 주웠다. 여기저기 못이 삐져나와 있고, 너무 낡았고, 앉는 상판이 지나치게 넓었다. 그래서 의자를 모두 분해했다. 그리고 재봉틀 책상에 쏙 들어가는 크기의 스툴로 만들었다. 흰색으로

페인트칠을 해놓으니 세트 가구처럼 둘이 어울려 보였다. 돈을 주고 산 가구보다 더 애착이 가는, 세상에 하나뿐인 재봉틀 책상과 의자. 아직도 튼튼하게 잘 쓰고 있다.

스스로
머리 자르기

겨우 내 머리카락이 많이 자랐다. 겨울에는 머리가 길면 따뜻하고 모자의 역할도 되는데, 어느새 봄바람이 느껴지면 더부룩한 머리카락이 갑갑하게 느껴진다. 그런 날은 불쑥 미용 가위를 꺼내 거울 앞에 선다. 거울을 보고 왼쪽, 오른쪽 균형을 맞춰가며 싹둑싹둑 머리카락을 잘라내는데, 이렇게 잘라도 한 달이 지나면 또 자라 있다.

어느 나이가 되면 키가 더 크지 않듯이 머리카락도 자라지 않고 가만히 있으면 좋겠다는 생각도 해본다. 그렇지만 그건 오로지 우리 같은 간단 주의자의 생각일 뿐, 머리 모양으로 멋을 내는 헤

212

어 패션계에서는 상상도 못 할 일이다.

어떤 때는 계속 자라는 머리카락이 귀찮아서 싹 밀어버리면 어떨까 생각도 해보지만, 한 번 밀어도 또 자랄 테니 괜히 머리카락과 싸우지 말고, 그저 다듬어가며 사는 수밖에 없는 듯하다. 체질적으로 머리카락이 빈약한 사람에 비하면, 그래도 잘라낼 머리카락이라도 있는 게 고마운 일일 것이다.

내 머리카락을 스스로 다듬는 데는 중이 제 머리 깎기 식이라서 한계가 있다. 그나마 다행인 것은 머리칼이 굵게 웨이브 져서 살짝 길이가 달라져도 크게 표시가 안 난다는 것이다. 헤어 전문가가 보면 금방 알아차리겠지만, 적어도 거울로 보는 앞모습은 그냥 넘어갈 만하다. 이렇게 내 머리카락은 삐뚤빼뚤 자를 수밖에 없지만, 나무꾼 머리를 자를 때는 내가 전문 미용사다. 오래전 미국에 있을 때부터 가족들 머리는 줄곧 내가 다듬어왔다.

한국도 고급 미용 서비스가 있지만, 미국은 일반적인 미용 요금이 한국의 몇 갑절이다. 세금과 팁까지 더하면 꽤 나온다. 처음 미국에 갔을 때 유학생 살림에 비싼 미용 요금을 아끼려고 대강 집에서 다듬기 시작했는데, 나중에는 집에 전속 미용사가 생겨버리니 가족들이 미용실 갈 생각을 전혀 안 하게 되었다.

한국에 온 후, 미용실에 간 적도 있었다. 집에서 머리를 자르면 머리카락 치우는 일이 더 번거롭기 때문이다. 그러다가 결국은 다시 홈 미용실로 돌아왔다. 미용실에서는 헤어 스타일리스트의 감각으로 모양을 내주는데, 그러고 나면 거울에 보이는 나 자신이 어딘가 낯설어서 결국 스타일 낸 부분을 다시 다듬고 만다. 미용실의 헤어 스타일리스트도 머리 모양을 만드는 아티스트이니, 헤어스타일이란 손님만을 위한 게 아니라 손질하는 사람의 성취감도 함께인 것 같다.

우리 집에는 미용 가위와 클리퍼는 물론 미용 가운도 있고, 머리 다듬을 때 앉는 회전의자까지 있다. 회전의자는 휘어서 못 쓰게 된 회전 선반으로 만들었다.

가족들 머리 다듬는 일까지 직접 하는 걸 아는 지인들은, "그렇게 모든 일을 다 스스로 해결하면 지역 경제는 어떻게 돌아가?" 하며 웃는다. 식당이나 미용실같이 골목마다 즐비한 서비스업을 우리가 거의 이용하지 않으니 하는 말이다.

그렇지만, 과연 소비자가 지역 경제에 보탬이 되려고 자신의 지갑을 여는 걸까? 소비의 주체와 목적은 누구보다도 소비자 자신을 위해서 발생하는 것이다. 제공되는 많은 서비스 중에서 소비자는 어느 정도의 서비스를 돈과 교환하는 게 좋을지 생각해 봐야 한다. 점점 늘어나는 서비스업 덕분에 스스로 해결할 수 있는 일까지 돈으로 사는 건 아닌지 돌이켜 볼 일이다.

살다가 혹시라도 모든 일을 스스로 해결해야만 하는 상황이

닥친다면…? 음식 조리나 간단한 수리, 수선 등 할 줄 아는 일의 범위가 넓으면, 예고 없이 찾아온 위기도 슬기롭게 헤쳐 나갈 수 있을 것이다.

회전 선반을 재활용해서 만든 회전의자

나무로 무언가 만드는 걸 시작하려면 연장이 준비되어 있어야 한다. 만들고 싶은 마음이 들어서 빨리 실천에 옮기고 싶은데 연장이 상자 안에 있어서 보이지 않거나 꺼내기 어려운 상황이면 그 일은 뒤로 미루게 된다.

그래서 연장 정리는 작업의 시작이다. 작업을 마친 후 연장을 원래의 위치에 정리하는 습관 또한 매우 중요하다. 아무 곳에나 놓으면 다음에 필요할 때 찾기 어려우니 말이다. 그래서 작은 공간이나마 목공 도구를 정돈해 놓는 장소가 필요하다.

속초 아파트에도 작은 방의 베란다를 활용해 미니 목공실을 마련했다. 미국 집의 목공실에 비하면 한 줌도 안 되는 작은 공간이지만 당장 요긴한 연장들을 정리해 놓으니 필요할 때 바로 꺼내 쓸 수 있었다. 재활용할 목재들도 원래 모양 자체로는 보관할 공간이 없으니, 분해하여 크기별로 정리해 놓으면 다음 작업을 구상할 때 재료의 양을 가늠해 볼 수가 있다.

작은 베란다에 정리한 목공 연장들

지구
살림

2018년 봄, 우리 부부가 사는 이야기가 EBS에 방송된 일이 있다. 의식주 전반을 주로 집에서 해결하는 삶을 담은 다큐멘터리 영상이었고, 그 영상에 담을 내용 중 재활용 목공작업을 빼놓을 수 없었다. 그러나 갑자기 촉박하게 진행된 촬영이라, 당시 우리에게는 목공작업 계획이 없었다. 제작진에게 우리는 늘 뭔가를 만드는 게 아니고, 필요할 때만 목공을 하는데 지금은 만들 게 없다고 여러 차례 설명해도, 방송을 만들려면 뭐라도 만드는 장면이 필요하다는 주장을 했다.

만들 재료도 계획도 없었으니 난감하던 중, 촬영 사흘째 되는 날 아침, 제작진들이 아파트 재활용 수거장에 가구가 나왔으니 그 걸 가져다 무엇이든 만들어보자고 제안했다. 상황 설명을 들어보니, 별로 신통해 보이지는 않지만 그래도 함께 나가 보았다. 역시 예감대로 그 가구는 쓸모없는 재질이었다. 가구가 무겁고 겉면에 어두운색 무늬목을 붙였는데, 그런 경우는 나무를 절단하고 나면 겉과 속의 색이 다르고, 속은 MDF일 확률이 높아서 마무리가 어려운 재료였다. 이런 나무는 활용하기 어려워서 안 되고, 원목같이 결이 보이는 나무라야 한다고 설명했다.

다음 날 아침 제작진은 이번에는 좋은 나무가 나왔으니 다시 가 보자고 했다. 그날 만난 가구는 작은 책상용 화장대였는데, 원목이긴 하지만 둥글린 장식이 많았다. 소품에 장식이 많아서 그 장식을 다 잘라내고 나면 사용 가능 면적은 별로 안 남는다. 제작진은 실망했지만, 상황 설명을 하고 아무거나 집으로 가져오면 안 된다고 말했다. 가져오는 순간, 그 물건은 나의 책임이 되기 때문이다. 또한, 모든 나무를 다 활용할 수는 없으니 목재 보는 눈을 키워나가는 일도 재활용 목공에서는 중요하다고 덧붙였다. 결국, 목공 촬영을 위해 집에 모아둔 작은 나무로 미니 선반 두 개를 만들었다.

사실 남이 쓰다 버린 헌 가구를 가져다가 청소해서 다시 사용하는 일은 썩 내키지 않는 일일 수 있다. 새 목재를 사서 하면 되지 뭐 그렇게까지 할까, 생각할 수도 있다. 그렇지만 매일 매일 버려지는 가구들을 모두 쌓아 놓으면 그 쓰레기 더미는 상상할 수 없는 규모가 될 것이다.

이 순간에도 생산의 기계들은 움직인다. 지구라는 제한된 공간 안에서 끊임없이 뭔가를 만들어내기만 하면, 그리고 그 생산이 더욱 속도를 높인다면, 앞으로 지구는 어떻게 될까?

우리가 헌 가구를 잘라 새로운 쓸모를 찾는 일은 생산 자체에 목적이 있는 게 아니라, 지구 전체가 숨 쉬고 사는 일에 조금이라도 도움이 됐으면 하는 마음에서다. 우리의 주변 구석구석에 쌓여가는 쓰레기 더미들을 볼 때마다 마음 한구석이 점점 조여온다. 이대로 가다가는 온 세상이 쓰레기 더미가 될 것만 같다. 꼭 필요한 만큼만 만들면 좋으련만, 과도한 대량 생산과 무분별한 폐기물로 지구의 병은 심각해지고, 해마다 기후 위기의 강도는 높아간다.

지구가 살아야 나도 살아갈 수 있으니 내 집 살림 못지않게 지구 공동체의 살림 또한 소중하다. 세상에 늘어나는 쓰레기를 조금이라도 줄일 수 있으면, 그만큼 지구의 사용 가능한 공간이 넓어질 것이다. 그러면 지구도 숨통이 좀 트이지 않을까.

재활용 목공으로 만든 벤치

2. 마음을 내려놓는 한 땀

Mindful Sewing

엄마의 이불,
구름 같던 그 이불

첫 바느질 기억은 초등학교 1, 2학년 무렵이었던 것 같다. 엄마의 재봉틀 옆에서 달달달 박히며 만들어지는 옷감을 신기하게 바라보았고, 엄마는 내가 말하는 것을 척척 만들어 주셨다. 인형 옷, 방석, 작은 가방, 주머니 등등. 엄마의 손끝에서는 요술과도 같이 온갖 것이 나왔다. 엄마 옆에서 나도 자투리 천을 오려가며 바느질 흉내를 내곤 했다. 엄마는 바느질 같은 걸 좋아하면 인생이 고단하다고 말씀하셨지만 내가 바느질 배우는 것을 내심 반가워하셨다.

스스로 만든 바느질에 대한 기억은 중고등학교 때 만든 가방

225

이 고작이다. 그러다가 대학생이 되면서 제법 옷을 만들기 시작했다. 일부러 배운 적은 없지만, 내 체형에 맞는 옷본을 구해서 이리저리 만들다 보니 나중에는 몸에 맞는 옷을 만들게 되었고, 내 약혼식 드레스를 직접 만들어 입기도 했다. 한동안 그 재미에 빠져 의상 디자인을 해볼까 생각했던 적도 있었다. 결혼 후에는 아이들 옷을 직접 만들어 입히고, 이불도 만들었다.

요즘에는 대량 생산 소비 사회이다 보니 옷감을 사서 만드는 것이 완제품 옷이나 이불을 사는 것보다 더 비싸다. 그러니 누가 굳이 원단을 사서 바느질을 하겠는가. 다소 마음에는 안 들어도 만들어진 물건에 마음을 맞추고 사는 세상이 되었다.

그렇지만 나는 새 원단을 사서 만드는 바느질은 하지 않는다. 대신 아이들이 자라서 입지 않는 옷, 오래된 이불에서 깨끗한 부분만 도려서 다시 조합해 새 이불 옷을 만든다. 어차피 버릴 것이니 쓰레기를 줄일 수 있고, 가족의 추억이 담겼으니 볼 때마다 이야깃거리도 된다. 그렇게 1년에 서너 개씩 이부자리 정리를 한다. 깔개 요, 덮개 이불, 방석과 무릎담요도.

바느질은 일부러 시간 내서 하지 않고 조각 시간을 활용한다. 5분이 있을 때는 작은 조각을, 10분이 있을 때는 좀 더 큰 조각을 붙인다. 어차피 조각을 이어 붙이니, 시간도 조각 시간을 활용하는 거다. 급할 것도 없고 서두를 것도 없다. 버릴 것을 가지고 새로운 것을 만드는 즐거움이니까.

　나는 아직도 어린 시절 한가한 오후의 풍경이 그립다. 햇볕 따
스한 대청마루에 하얀 이불감을 펴놓고 한 땀 한 땀 이불을 시치
는 엄마 옆에서 아이는 간식을 먹으며 책을 보거나 숙제하는 모
습, 조금은 지루해 보이지만 편안하고 행복해 보이는 정경이다. 엄
마의 이불, 구름 같던 그 이불 위에서 오늘도 뒹굴고 싶다.

이부자리, 김근희, 수채화

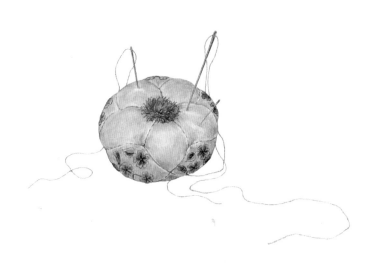

바느질. 김근희. 수채화

Mindful Sewing

바느질
할 줄 아세요?

요즘 "바느질 할 줄 아세요?" 물어보면 "그럼요!" 하고 선뜻 대답하기보다는 "네… 저… 할 줄 아는데, 잘 못해요" 하고 우물거리는 편이 더 많다. 바느질을 할 일이 없을 뿐더러, 바느질을 안 해도 크게 불편하지 않은 세상이다.

그러나 바느질을 조금 할 줄 알면 생활이 참 편해진다. 옷의 솔기가 터지거나 단추가 떨어지면 금방 수선할 수 있고, 바지 길이가 길면 접어서 줄일 수 있다. 물론 수선집에 맡기면 되지만 비용이 어느 정도 든다. 그 옷을 맡기고 찾으러 갈 시간이면 직접 고칠 수 있을 텐데…. 간단한 수선에서 한 걸음 더 나아가 생활 소품을 만들어보면 창작과 생산의 기쁨도 쏠쏠하다.

바느질 얘기를 나누어보면 관심은 있는데, 시간이 걸려서 엄두를 못 내는 분도 많다. 무엇을 만드느냐에 따라 바느질 시간은 천차만별이다. 바느질을 처음 시작한다면 한 시간 내에 끝낼 수 있는 소품부터 시작하라고 권하고 싶다. 시간이 걸리는 바느질은 끝내기 전에 흥미를 잃을 수 있으니 말이다.

처음에는 손수건이나 컵 받침 같은 사각형 소품이 만들기 쉽다. 원형이나 대각선, 곡선 모양은 나중에 재료의 성질을 이해한 후에 해보는 게 좋다.

손수건은 한 겹으로 만드는 홑보자기의 기본이고, 사각 컵 받침은 두 겹으로 만드는 겹보자기의 작은 연습이다. 소품을 만들고 난 다음, 조금 응용하면 여러 모습의 생활용품이 떠오른다. 작은 보자기 모양의 손수건이 커지면 식탁보도 될 수 있다.

그렇지만 네모 모양이라도 커튼 같이 큰 것은 애초 계획과 달리 마음에 들지 않는 결과가 나오기도 한다. 모양은 단순해도 크기가 있는 바느질은 마름질하는 과정에서 미세한 차이가 생길 수 있다. 면적이 큰 만큼 시간이 오래 걸린다. 작은 천을 샘플로 보고 결정한 원단이 막상 벽 크기로 커졌을 때 전혀 다른 분위기가 되기도 하니, 처음에는 소품부터 시작해서 차츰 폭을 넓혀가는 편이 안전하다.

바느질 재료 또한 돈을 주고 사기보다는 잘 찾아보면 주변에 무궁무진하다. 안 입는 옷뿐 아니라 직조로 된 제품은 무엇이든 재료가 될 수 있다. 사용 가능한 재료들을 떠올려보자. 원두커피를 포장한 마대 주머니는 컵 받침이 되었고, 투명한 망사는 옷 커버가 되었다. 캔버스 가방으로 바구니를 만들었고, 분리수거용 백은 피크닉 매트가 되었다. 각종 사은품이 넘치는 요즘, 마땅히 자리를 찾지 못한 물건들을 이용하면 뜻밖에 재밌는 재료를 얻을수 있다. 양파 자루, 쌀 포대도 활용에 따라 세상에 하나뿐인 물건으로 태어난다.

바느질은 마음이 급하면 잘 안 된다. 바느질하는 시간을 자신과의 대화라 여기고 잠깐이라도 여유를 가지면 좋다. 재봉틀 바느질 역시 서두르면 거칠게 박히기는 마찬가지인데, 손바느질의 경우엔 더욱 마음을 내려놓고 차분히 한 땀씩 떠야 한다.

바느질 시간을 따로 정할 필요는 없지만, 자투리 천을 이용하는 만큼 시간도 자투리 시간을 활용해서 꾸준히 하는 게 좋다. 예를 들면 식사 후 30분씩만 바느질을 하는 등 작은 습관으로 자리잡을 수 있게 해보면 어떨까.

한창 바느질에 재미가 붙으면 너무 몰두해 손에 잡은 바느질감을 빨리 끝내려고 폭풍 바느질로 몰아치는 경우가 생긴다. 어떤 때는 잠자는 시간이나 식사 시간까지 늦추어가며 무리하다가 건강을 해치거나 가족들의 불만을 사기도 한다. 그러나 급하게 한 바느질은 어딘가 거칠어서 결국 나중에 다시 뜯어고치게 되고 만다.

'천 리 길도 한 걸음부터'라는 말처럼 작은 바늘 하나로 시작하는 한 땀은 건강한 삶으로 다가서는 지름길이다. 쓰레기도 줄이고, 가계부도 가볍게, 그리고 바느질하는 동안 마음도 쉬어간다. 작은 바늘 끝에 마음을 모으고, 한 땀 한 땀 뜨다 보면 잔잔한 평화가 파도같이 밀려온다. 구석구석 내 손으로 만들었기에 다소 비뚤어져도 그 모습까지 사랑스럽다.

쌀 포대로 만든 가방

기념품 가방으로 만든 바구니

Mindful Sewing

보자기와
쇼핑백

접어놓으면 없는 듯하다가 펼치면 많은 것을 담을 수 있는 보자기는 참 지혜로운 수납 도구다. 안에 담을 물건이 크면 큰 대로, 작으면 작은 대로 자신의 모양을 바꾸는 유연함이 있다.

밋밋한 모양의 보자기라도 모서리에 끈 하나를 달면 훌륭한 기능이 더해진다. 물건을 묶을 때 모서리 끈으로 둘러싸면 매듭이 두껍게 남지 않아서 차곡차곡 물건을 포개어 보관할 수 있다.

어린 시절에 쓰던 도시락 보자기도 이런 모양이었다. 도시락을 보자기로 싼 다음 보자기 모서리에 있는 긴 끈으로 도시락을 돌려서 묶었다. 이제는 이런 모양의 보자기들은 민속박물관에 가야 볼 수 있다.

요즘 기념품으로 생산되는 보자기는 번쩍거리는 나일론 재질에 광고 문구가 크게 찍혀 있어서 다시 사용하고 싶은 마음이 나지 않는다. 반면 종이로 만든 쇼핑백은 점점 고급스러워진다. 한 번만 쓰기 아까워서 잘 접어놓지만, 결국은 종이의 한계가 있다.

쇼핑백에 밀려 초라하게 전락한 보자기가 원래의 단아한 모습을 되찾아 우리의 생활로 돌아오면 얼마나 좋을까? 정갈한 보자기들이 박물관의 유물이 아니라 손에서 손으로 주고받는 선물이 될 수 있으면 얼마나 멋있을까?

나의 재활용 바느질을 아는 지인들이 자투리 천이나 안 입는 옷들을 우리 집으로 보내주곤 한다. 생각해서 재료를 보내주니 고맙지만, 나 역시 헌 옷을 잔뜩 지고 있을 수 없으니 재료가 생기면 사용 가능한 부분만 마름질해서 둔다. 그럴 때 얇은 원단은 사각으로 마름질해 두었다가 보자기나 손수건 등으로 활용하면 좋다. 보자기 양 모서리에 손잡이를 하나씩 달면 가방의 기능도 생긴다. 손잡이가 있어서 들고 다니기 편하고, 안 쓸 때는 접어놓으니 자리 차지도 안 한다.

시각 미술이 화면에 그려진 작품으로만 존재하는 것이 아니라 우리 생활에서 직접 사용되고 즐길 수 있다면 우리 삶은 더욱 풍요로울 것이다.

손잡이가 달린 보자기

자투리 천으로 만든 끈 달린 보자기

옷을 분해하며,
옷을 만들며

새 옷을 사지 않고 지낸 지 오래되었다. 이미 가지고 있던 옷들을 고치거나, 분해해 다시 옷을 만들어 입는다. 옷을 분해해 보면, 옷 하나 만드는 데 손이 많이 가는 걸 알 수 있다. 대량 생산되는 옷들이 공장에서 자동으로 생산되는 것 같지만, 옷을 이루는 모든 솔기는 사람의 손으로 재봉틀을 써서 붙인 것이다. 재단선이 많고 장식이 많은 옷은 그만큼 손이 많이 간 옷이다. 디자인이 복잡한 옷은 재활용을 위해 분해할 때도 시간이 오래 걸리고, 좁게 절단된 원단은 재사용할 면적이 별로 안 나온다. 다시 만들기에는 단순하고 헐렁한 옷이 좋다.

헌 옷을 활용하려면 이렇게나 일이 많다. 재활용 바느질은 시작부터 쉽지 않다. 그렇지만 새 원단 사용은 결국 새 옷 하나 늘어나는 것과 다를 바 없다. 재활용 바느질은 쓸모없던 옷이 사라지고 쓸모 있는 물건이 생기는 뿌듯함이기에 더뎌도 꾸준히 하는 일이다.

옷을 고치고자 할 때는 나에게 편한 옷을 놓고 비슷하게 만드는 일부터 시작하면 좋다. 그러면 필요한 재료의 양이 가늠되어 활용할 천들을 모을 수 있다.

사실 옷이란 사각형 두 장에 목둘레만 마무리해도 충분히 걸쳐진다. 간단한 박스형 모양부터 만들어보고, 다음에는 조금 발전하여 소매를 달고, 깃도 붙여볼 수 있다. 직접 만들어서 입어보면 스스로 만든 옷은 소매 길이나 품이 맞춤이라 군더더기가 없다. 몸이 편해서 자꾸 입다 보면 다음 옷도 또 만들고 싶어진다. 내 옷도 만들고, 가족들 옷도 하나씩 만드는 새로운 즐거움을 나눌 수 있다.

겨울 스카프에 옷 모양을 잡고, 옷핀으로 시침하였다.

손바느질로 홈질하고 목둘레를 마무리하였다.

옷이
사람이다

신문사에서 인터뷰 요청이 온 일이 있다. 〈집이 사람이다〉라는 제목으로 기사를 연재하는데 그중 한 꼭지로 우리 집을 소개하고 싶다고 했다. 전화로 대강 이야기를 나눠보니 전국의 쟁쟁한 집들이 소개되는 것 같고, 유명 사진작가가 동행하여 사진도 여러 장 나간다 했다. 당시 우리가 머물던 곳은 너무나 평범한 아파트여서 "글쎄요… 기사로 쓸 내용이 있을까요? 먼 길 오셔서 실망하시면 어쩌죠?" 하고 사양했다. 하지만, 인터뷰의 목적이 잘 지은 집 탐방이 아니라고 했다. 우리 집의 콘셉트는 살아가는 방식이 주제라고 했다.

인터뷰가 진행이 되었다. 〈집이 사람이다 – 추억도 물건도 그곳에선 다시 태어난다〉는 기사로 우리 사는 이야기가 소개되었다.

인터뷰하면서 〈집이 사람이다〉라는 제목이 주제를 잘 담았다는 생각이 들었다. 정말이지 집에 가보면 그 집에 사는 사람이 보인다. 집뿐만 아니라, 타고 다니는 자동차를 봐도 그렇고 일하는 사무실 공간에서도 그 사람의 성격이 나타난다. 그와 마찬가지로 '옷이 사람이다'라는 생각도 든다. 옷에서도 그 옷을 입은 사람의 성격이 엿보인다. 그래서 모델이 입은 옷이 아무리 멋져 보여도 그 옷이 과연 나에게 맞는 옷일지는 알 수 없다. 유행하는 패션이라도 신중히 선택해야 하는 이유다.

옷 중에는 상상할 수 없게 비싼 유명 상품도 있지만, 한 끼 식사 가격 정도로 저렴한 옷도 많다. 밥 한 끼 값으로 옷 한 벌을 바꿀 수 있으면, 한 끼 식사 만들 시간에 과연 그 옷을 만들 수 있을까? 불가능한 얘기다. 옷이 남아돌 정도로 흔해서 옷값이 정당하게 매겨지지 않고 있는 현실이다. 지구 한쪽의 열악한 작업 환경에서 값싼 임금으로 땀 흘려 생산해 낸 옷이 지구의 다른 한쪽에서 별로 사용되지도 않은 채 헌 옷 수거함에 쌓이고 쓰레기로 매립되고 있다. 일회용 플라스틱만 문제가 아니라, 사용되지 못하고 버려지는 의류도 일회용이나 마찬가지가 되었다.

패션 산업이 만들어내는 공해는 버려지는 옷뿐만 아니라, 생산 과정부터 심각한 문제다. 목화 생산으로 인한 농약 중독이나 염색 염료로 인한 하천과 강물 오염은 이미 위험 수위를 넘어선 상태다. 의류 기업은 생산 단가를 낮추려고 규제가 적고, 임금이 낮은 나라에서 제품을 생산한다. 열악한 작업 환경에서 일하다 건물이 붕괴된 방글라데시 라나 플라자 사고*는 이미 널리 알려진 이야기다.

제품에 대한 책임은 생산자 못지않게 사용하는 소비자에게도 있다. 생산 과정의 환경오염과 부당 노동뿐 아니라 소비되지 못한 의류들이 소각되고 매립되면서 일어나는 환경파괴가 당장 내 주변에서 일어나지 않는다고 해서 모른 척할 수는 없는 일이다.

내가 선택한 새 옷 한 벌이 나에게 즐거움이 되었지만, 누군가에게는 고통이 아니었는지 생각해 보자. 그런 고통의 산물을 입는 대신, 다시 되살려 입을 옷이 이미 내 옷장에 있는지 살펴보자.

옷장의 빽빽한 옷 중에서 잘 안 입는 옷을 하나 꺼내어 곰곰이 생각해 보자. 왜 안 입게 되었을까? 그 옷이 불편한 점이 무엇일까? 한편 그 옷의 어떤 점이 좋아서 구매했을까? 그래서 앞으로는 자신만의 패션 문화를 만들어가고, 적은 가짓수로 오래 갈 수

● 2013년 4월 24일 방글라데시의 수도 다카 인근의 사바르Savar에서 지상 9층 빌딩인 라나 플라자Rana Plaza가 붕괴된 사고. 이 건물의 3~4층에는 싼 임금에 선진국 기업들의 노동력 하청을 받아 옷을 만드는 의류 공장이 있었다. 여성 및 사회 극빈층 노동자들이 다수 희생되었다.

있는 선택을 찾으면 좋겠다.

세월이 가고 나이가 들어도 변함없이 입을 수 있는 옷으로.

소유와 책임이 모두 즐거운 착한 옷으로.

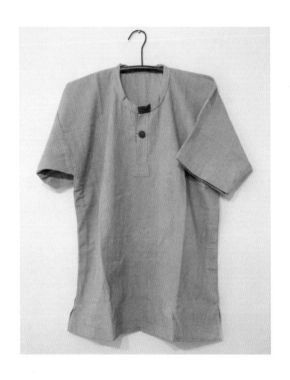

광목에 쪽 염색을 해 만든 옷

자투리 천으로 만든 옷

삼복더위에 만든
사주 보자기

초복이 지나자 무더운 날씨가 이어진다. 날이 더운 중에 머릿속에 숙제로 담고 있는 바느질감까지 있어서 마음이 더 덥게 느껴지는 걸까? 숙제를 하고 마음을 털어야겠다. 올봄 아들아이가 올해 안에 결혼하겠다고 선언할 때만 해도 실감이 안 났는데, 벌써 한 해가 반 이상 지나가고 가을이 멀지 않으니 슬슬 현실적인 절차들이 떠오른다. 혼수나 예물 같은 물질적인 격식은 생략하기로 했지만, 결혼의 의미를 담고 있는 사주단자만큼은 보내주고 싶었다. 월간지에 '길쌈 이야기' 연재를 하는 동안 전통 혼례복에 대한 원고를 쓰면서 사주와 혼서지를 보내는 의미에 대해 알고 나니 그 생각이 더욱 간절해졌다.

예전 결혼 풍습은 이랬다지만 요즘의 절차는 간단하다. 그래도 사주단자 보내는 풍습만은 아직 남아서 비록 순서가 바뀌긴 했지만, 사주단자를 함에 넣어 보내는 것이 일반적인 것 같다.

물론 혼수 전문점에 가면 사주 보자기와 함도 살 수 있고 사주도 써준다. 그렇지만 상업화된 물건을 보내고 싶지 않아서 새 식구를 맞이하는 마음으로 사주 보자기를 직접 만들기로 했다.

사주 보자기를 만들려면 먼저 사주함부터 마련해야 했다. 나에게도 30여 년 전 시집올 때 받은 사주함이 있다. 보통 주단 집에서 파는 빨간색 함이다. 그 함은 처음 받은 날부터 지금까지 안에 담긴 내용물과 함께 장 속 깊이 자리 잡고 있다. 전통 혼례의 의미를 알기 전까지는 함의 의미도 잘 몰랐고 그저 시부모님께서 주신 것이니 잘 간직할 뿐이었다. 그런데 크기가 제법 되는 그 빨간 상자가 내게는 부담스러웠다. 장 속에 넣으면 자리를 많이 차지하고, 밖에 내놓자니 색이 강해서 실내 분위기에 어울리지 않았다. 내 경험으로 보자면 기왕이면 의미도 있고, 본인 마음에도 드는 모양으로 보내주고 싶었다.

얼마 전 지방에 자료 조사를 나가면서 마음 한구석에 예쁜 함과 청홍색 고운 천을 마련할 수 있기를 하고 기대를 가졌다. 담양에서는 잘 만든 함을 사고, 나주 천연 염색관에는 천연 염색으로 곱게 물들인 무명천이 있으리라는 예상은 영 빗나갔다. 아쉬운 마음으로 돌아오는 길에 광주를 지나가던 중 양동시장이라는 곳을 지나치다가, '전통 공예', '포목' 간판이 눈에 들어왔다. 아! 저기 가면 내가 찾는 함도 있고, 보자기 만들 천도 살 수 있을 거란 생각이 들었다.

전통 공예점에는 작은 함이 두 개 있었다. 하나는 납작한 직사각형의 전통 장식이 달린 함이었다. 사주 보자기를 넣기에 크기는 적당해 보였는데 왠지 썩 마음이 안 가고, 또 하나는 약간 현대적으로 보이는 작은 정사각형 모양이 앙증맞아 보였다. 상자 색깔이나 모양은 작은 함이 마음에 드는데 너무 작아서, 망설이며 만지작거렸다. 같이 간 딸아이는 작은 상자가 새언니 될 사람이 좋아할 스타일이라고 했다.

결국, 빨간색 내 사주함이 떠올라서 그냥 작은 상자로 정했다. 죽을 때까지 간직하려면 크기보다는 마음에 드는 편이 더 좋을 것 같았다. 형식보다는 의미가 중요하니까, 사주를 작은 종이에 작게 쓰고, 보자기도 초미니로 만들어야겠다고 생각했다. 포목점에 들러 보자기 만들 청색과 홍색, 끈을 달 연두색 천도 끊었다.

그리고 드디어 보자기를 만들기 시작했다. 사실 사주 보자기 하나 만드는 일은 간단하다. 청색과 홍색으로 겹보자기를 만들고 끈만 달면 되니까, 바느질 좀 하는 사람은 누구나 쉽게 할 수 있는 일이다. 사주 보자기를 만든 다음 작은 쌈지를 하나 더 만드느라 공을 들였다. 내 시어머니께서 손자며느리 주라고 반지를 몇 개 주셨었다. 얼마 되지 않는 패물이지만 할머님이 간직하던 것을 물려주셨으니, 정성껏 싸서 전하고 싶어 반지 쌈지를 만들었다. 나에게도 젊었을 때 가졌던 장신구가 몇 개 있다. 언젠가부터 장신구를 사용하지 않게 되어 잘 간직하다가 나중에 며느리 볼 때 주려고 마음먹고 있었는데, 그날이 이렇게 빨리 올 줄 모르고 미국 집에 두고 왔다.

삼복더위에 종일 바느질감을 붙잡고 있으니 땀이 흐른다. 게다가 바느질 옆에는 항상 뜨거운 다림질까지 따라다닌다. 아이고, 시어머니 되는 게 벌써 실감난다. 며느리 노릇이 낫지, 시어머니 되기 영 쉽지 않네.

사주 보자기와 반지 쌈지

보리밭
결혼식

•

윤혜신

지난여름 녘에 김근희, 이담 선생님이 찾아오셨습니다. 이분
들은 저의 첫 책인 『겨레전통도감 – 살림살이』의 그림을 그리신 화
가 부부십니다. 살림살이 원고를 쓰면서 이메일을 주고받은 인연
으로 가까워졌는데 마침 한국에 오신 사이 아드님이 결혼을 하게
됐지요. 번거로운 일을 만들지 않는 검소하고 소박한 삶을 사시는
분들이라 남에게 보여주는 결혼식이나 민폐를 끼치는 결혼식을
하지 않기로 하셔서 양가 다 합해 50명 정도 초대해서 결혼식을
한다고 하셨어요. 그러기에 우리 식당이 적합할 거라 생각하셔서
식당에서 결혼식을 해도 되겠냐고 물어보러 오셨더랬지요. 저는

물론 흔쾌히 찬성했습니다.

요즘은 결혼식이 무슨 거래 같기도 하고 공장에서 제품 찍어 대듯이 한 시간에 몇 쌍씩 의례적으로 하는 행사처럼 변하는 게 못마땅했습니다. 게다가 얼굴도 모르는 하객들이 와서 정신을 쏙 빼거나 한국적인 예식도 어느 나라 식도 아닌 국적 불명의 이상한 결혼식들이 맘에 안 들었지요. 뭐 굳이 결혼식을 그 모양새로 해야 하나 하는 의심도 들었고요.

때마침 건전한 젊은이들이 의미 있는 결혼식을 올린다니 정말 기쁜 마음으로 그렇게 하시라 하고는, 혹시 결혼식이 쓸쓸하지 않을까 걱정되어 옥수수를 수확하자마자 몇 번씩 전화로 재촉을 해 보리를 이주일쯤 이르게 심었습니다. 결혼식이 11월 초니까, 그 전에 밭에 보리 싹이 파랗게 돋우면 얼마나 산뜻할까 하는 생각에서요.

결혼식 날이 다가왔습니다. 마이크는 우리 집에 있던 노래방 기계의 것을 사용하기로 했습니다. 꽃 장식은 선생님들 아시는 농원의 사장님이 빌려주신다 하고요. 신부의 머리나 화장은 동생이 해주고요. 축하 공연도 자기네 친구들과 알아서 하기로 했답니다.

전날 저녁에 꽃을 한아름 빌려서 들고 오신 선생님 내외분은 밤늦은 시간까지 야생화 말린꽃을 이용해서 아름답게 식당을 장식했습니다. 동네 여관에서 주무시고 아침에 동네 미용실에서 머리만 올리고 오셨어요. 그리고 준비해 오신 한복을 단아하게 입으셨습니다. 저 역시 음식 준비를 위해 내내 바빴지요. 50명이라던 하객이 조금 늘어 80여 명이 되었거든요. 신랑 신부 친구들이 모두 온다고 해서 인원이 늘어났지요.

식이 시작되었습니다. 방글라데시에서 온 신랑의 친구(신랑이 재미교포인데 친구들이 거의 다 외국 친구들이었답니다)가 사회를 보고요, 주례자는 따로 없었습니다. 우선 신랑 신부 어머님이 나란히 입장해 불을 밝히셨습니다. 다음에 신랑 신부 아버님이 입장하시고요. 신랑과 신부가 의젓하고 단정하게 입장했습니다. 결혼 선언식을 하고, 서로에게 인사를 하고 반지를 나눠 끼었습니다. 그리고 신랑이 사랑의 시를 신부에게 낭송했습니다. 내게로 온 당신과 함께 먼 여행을 떠나자는 아름다운 시였습니다. 신랑이 직접 지은 시였어요.

부모님께 인사를 한 뒤 축사가 있었습니다. 윤구병 선생님의 짧막하고 가슴을 울리는 말씀이었어요. 믿음, 소망, 사랑 가운데 제일이 사랑인 이유를 설명해 주셨어요. 서로 다른 별에서 온 남자와 여자가 평생 이해하고 살 수는 없다고요. 그러니 이 타인을 사랑하지 않으면 같이 갈 수가 없다고요. 그러니 사랑하며 살라고요. 결혼한 지 25년이 되어가는 제게도 너무나 가슴을 치는 말씀이었습니다.

친구들의 재밌고 발랄한 축하 공연이 이어지고 부모님의 간단한 인사 말씀. 그리고 신랑 신부가 퇴장했다가 옷을 싹 갈아입고 다시 나와 살사댄스를 추었어요. 그네들이 처음 만난 곳이 살사 댄스장이었다나 봐요. 신부가 처음 살사를 배우러 가서 만난 사람이 오늘의 신랑이라고 해요.

저는 그때 귀로만 소리를 들으며 열심히 음식 준비를 했어요. 동시에 80명을 대접하는 일이라 마음이 조금 분주했거든요. 일사분란하게 움직여서 모자르지도, 남지도 않게 잘 대접했습니다. 밖에는 보리밭이 눈부시게 푸르고 햇살이 아름답게 비추는, 제가 본 중 세상에서 가장 아름다운 결혼식이었어요.

결혼식이 끝나자 식당 방에 상이 다시 차려지고 폐백을 했습니다. 신랑 가족과 신부 가족이 함께 받는 공평한 폐백이었어요. 나 역시 신랑 집에 혼자 가서 외롭게 절만 수십 번을 한지라 친정 식구들에게 미안했는데 왜 진작 이러지 못했는지 후회가 됩니다. 어찌됐든 안 들어오신다고 하시는 신부 가족들을 극구 모시고 들어가는 저 아름다운 신랑 쪽 가족에게, 내가 왜 그리 고맙던지요. 암 그래야지, 그렇고말고.

아흔이 다 되어 가시는 신랑의 할아버님이 정중히 인사를 하십니다. 오늘 정말 수고하셨고 맛있는 밥 잘 먹고 가신다고요. 할아버지의 맑은 얼굴에서 신랑의 얼굴이 보였습니다. 하객들이 하나둘 돌아가고 신랑과 신부도 신혼여행을 위해 떠나갔습니다.

신랑을 배웅하고 온 선생님 내외분은 다시 돌아와 꽃과 화병을 말끔히 정리하셨어요. 강원도의 집까지 가시기에 너무 늦고 피곤하실 것 같아 주무시고 가시라고 붙잡았습니다. 조금 늦은 저녁에 막걸리를 마시며 자식을 보낸 부모의 마음을 나누었습니다. 선생님 내외분은 그렇게 하룻밤 주무시고 새벽에 저희 몰래 조용히 집으로 돌아가셨지요.

이렇게 아름답고 소박한 결혼식 봤나요? 꽃 한 송이 사지 않고 필요한 곳에서 빌려다 잘 쓰고 돌려주는 그 마음, 값비싼 드레스나 화장이나 허례를 집어치우고 소박하게 제 손으로 준비한 그 마음씨, 정말 마음으로 축하해 줄 친지와 친구들을 불러 즐겁게 결혼식을 즐기는 모습들, 그 모든 문화가 우리가 배워야 할 모습이었어요. 앞으로 우리 젊은이들이 자주 이런 결혼식(굳이 결혼식을 한다면)을 하면 좋지 않을까요?

모두에게 보여주고 싶었던 보리밭 결혼식이었습니다.

딸의
혼례복

미국에 있는 딸아이가 뉴욕 시청에서 결혼 서약을 했다. 아무리 간단해도 결혼식이니 하얀 드레스 한 벌은 있어야 하지 않을까 했는데, 딸은 고등학교 졸업 파티 때 입었던 노란색 프롬 드레스prom dress를 입겠다고 고집을 부렸다. 자기가 가장 좋아하는 옷이니 가장 의미 있는 날 입고 싶다고! 그래서 하얀색이 아닌 노란 드레스의 신부가 그날 시청에 모인 모든 커플 중에서 베스트 브라이드best bride로 돋보였다고 한다.

결혼 서약 후, 딸 내외가 한국에 왔다. 한국에서 직계 가족 스무 명만 모여 폐백으로 조촐한 혼례식을 하고 싶다는데, 간단하지

258

만 의미 있는 혼례복은 어떤 모양일까?

한국의 혼례식을 위하여 봄 내내 바빴다. 본인들도 한국에 없는데 맞춤옷을 제작하기는 부담스럽고, 하루만 입을 옷에 큰 예산을 쓰는 건 우리의 생활방식과 맞지도 않는다. 대여 한복을 입히자니 소재나 디자인이 조악하거나 지나치게 화려해서 영 내키지 않았다. 그럼 내가 한 번 만들어 볼까?

족두리부터 시작해 봤다. 가지고 있는 책과 인터넷 정보를 총동원하여 마음에 드는 족두리 모양을 하나 고르고, 먼저 한지로 본을 떠서 연습한 다음, 차근차근 만들어봤다. 나무 구슬을 달고 가운데에는 외할머니 반지였던 옥구슬까지 하나 붙이니, 그럴듯해 보였다. 다음은 비녀가 필요했다. 나무꾼에게 비녀 모양을 잘 깎아 달라 부탁하여 유화물감을 바르고 한쪽 끝에 자잘한 구슬을 붙였다.

이제는 혼례복 차례, 신부 옷은 하얀 드레스를 대신하여 흰색 당의를 만들기로 했다. 마침 선물로 받고 아끼던 흰 천이 있었는데, 5월 날씨에 적당한 깔깔한 면 소재였다. 그동안 연습했던 생활한복 만들기 실력을 동원하여, 한복 디자인을 해봤다. 먼저 본을 그리고, 몇 번씩 나 자신에게 대어 보면서 나보다 키가 큰 딸의 분위기를 상상하며 조금씩 변형을 주고 마름질했다. 한 땀 한 땀 공들여서 당의를 완성했다. 흰색 당의가 너무 평범해 보여서 청홍색

노리개를 만들어 달았더니 한결 화사해 보인다.

당의 아래 받쳐 입을 빨간 치마는 30여 년 전 내가 시집올 때 입었던 치마다. 치마가 길어서 어깨끈도 올리고 단도 접었던 것을 모두 펴니 딸의 큰 키에 알맞은 길이가 되었다. 저고리 옷고름을 떼 내어 비녀 댕기와 도투락 댕기를 만들고, 절할 때 손을 가리는 큰 수건은 새로 만들었다.

신랑 옷은 사모 대신에 유건을, 관복은 소매 없이 민소매 도포 모양으로 만들었다. 바지, 저고리는 아빠와 할아버지 한복을 물려 입으면 된다.

다음은 폐백 바구니를 꾸며야 한다. 사실 폐백은 신부 집에서 신랑 댁으로 보내는 거지만, 이번 혼례식은 친정 식구들이 모여서 치루는 폐백이니 결국 우리가 받을 것이다. 일반적인 맞춤 폐백에 들어가는 닭이나 육포는 우리가 먹지 않는 음식이다. 그래서 우리 식구가 나누어 먹고 미국에 가져가서 사돈댁에 선물할 음식으로 꾸몄다.

키 낮은 왕골 바구니 세 개를 골라 바구니에 옷을 입히고, 혼례식 전날 바구니를 꾸몄다. 바구니 하나에는 대추와 밤을 소담히, 다른 바구니에는 색스러운 한과를 담고, 작은 바구니에는 다섯 가지 강정과 솔잎에 꽂은 잣 꽂이로 가운데를 장식했다. 휴-! 이제 정말 다 됐다.

혼례식은 아들이 결혼식을 했던 식당에서 치렀다. 식당의 넓은 보리밭에서, 장독대에서, 밤나무 숲 오솔길에서 신랑 신부는 추억의 사진을 남겼다. 폐백만 하는 혼례식이 너무 조촐하여 간단한 이벤트를 준비했다. 내가 만든 다섯 가지 색의 작은 복주머니 중 하나를 절 받는 어른들이 골라서 절값 대신 신랑 신부에게 주고, 신랑 신부는 주머니를 열어서 주머니 안에 들어 있는 그림이 상징하는 부부의 덕목을 확인하는 거였다. 주머니 속 그림은 아들이 그렸고, 그림이 상징하는 내용은 '사랑과 웃음, 이해와 기다림, 믿음과 용서, 우정, 추억과 나눔'이다. 부부가 되어 살면서 늘 좋기만 할 수 없으니, 가끔 힘이 들 때 주머니를 열어서 안에 있는 그림을 꺼내 보며 오늘의 혼례식을 떠 올리면 좋겠다는 생각에서였다.

주머니 이벤트는 꽤 재미있었다. 신랑 신부가 절을 하고 주머니를 하나씩 열 때마다, 절 받는 어른들도 덕담을 하면서 다 같이 웃었다. 폐백의 흥을 돋우려고 곡성 사는 친구네가 먼 곳에서 달려와 단소도 불어주었다. 조촐하지만 마음껏 정성을 다했으니 딸을 보내는 마음이 덜 섭섭하다.

애들아, 잘 살아야 돼!

혼례복으로 만든 족두리와 비녀, 당의

엄마가 손수 만들어준 딸 혼례복

재활용
염색

그림 그리는 일을 하는 우리는 색깔과 물감에 대한 관심 또한 크다. 원래 전통 물감의 원료는 돌이나 흙, 풀 등 자연에서 얻었다. 현대에는 화학 재료로 만든 물감이 많이 보급되지만, 지금도 고급 물감에는 천연 성분이 많이 포함되어 있어서 발색이 은은하다.

전부터 자연에서 얻는 재료로 천연 염색을 해보고 싶었다. 염색 체험도 가보고, 천연 염색하는 지인의 집을 방문하여 이야기를 듣고, 자투리 염색 천을 나누어 받아 귀하게 쓰기도 했다. 앞으로 마당 있는 집에 살면서 천연 염색을 해보는 게 나의 작은 꿈이기도 하다.

천연 염색 중 양파 껍질로 하는 염색은 가정에서 쉽게 할 수 있다고 들어서, 양파 껍질을 모아봤다. 책을 찾아보니, 양파 250그램에 물 6리터를 넣고 끓인다고 나왔다. 양파망이 한가득 채워질 때까지 모아서 저울에 달아보니 200그램이다. 그만큼 모으느라 3년이 걸렸는데 50그램을 언제 더 모으나? 음식 할 때마다 나오는 양파의 겉껍질로만 모으려니 오래 걸릴 수밖에 없다. 그래도 일상에서 버리는 재료에서 물감이 생긴다니, 어찌 안 해보겠는가.

250그램은 안 되지만, 지금까지 모인 양파 껍질로 염색을 해보기로 했다. 양파 껍질 200그램과 적당량의 물을 3차까지 끓이니 염료가 나왔다. 1차와 2, 3차 물감의 농도를 비교하느라 각각 다른 천들을 담가보고, 명반을 녹여서 매염제로 썼다. 따로 분류하여 모은 보라색 양파 껍질 80그램은 별도로 끓여서 염료를 만들었다.

무슨 색이 나왔을까? 노란 양파에서 정말 고운 노란색이 나왔다. 노란 물감 중에는 여러 가지 이름이 있는데, 양파 노란색은 왜 없을까? 노란 양파에서 나온 색이니 어니언 옐로onion yellow라고 부를까? 그럼, 보라색 양파에서는 보라색이 나왔을까? 웬걸, 노란색이 살짝 감도는 연한 풀색이 나왔다. 밝은 겨자색이라고 해야 할까?

양파 껍질 덕분에 자투리 천은 예쁜 노란색이 되었다. 헌 옷과 스카프는 새 물을 입고 상큼하게 다시 태어났다. 물감까지 다 내어 준 양파 껍질들은 이제 마음 편히 땅으로 돌아갈 거다. 양파 자루가 비었으니, 다시 또 모으기 시작이다.

양파 껍질에서 색을 얻은 후, 버려지는 음식 껍질 중에서 염료를 얻을 수 있는 것이 또 있을까 생각해 보았다. 먹다가 물이 튀기면 금방 얼룩이 남는 포도가 떠올랐다. 포도 물이 들면 세탁해도 잘 안 지워진다. 그래서 포도 껍질을 모아보았다. 여름 내내 포도를 먹을 때마다 남는 껍질을 모아 냉동실에 보관해 두었다가 포도 철이 끝난 후 모아 둔 포도 껍질을 꺼내 끓였다. 깊은 보라색이 나왔다. 물감으로는 얻을 수 없는 그윽한 색이다. 그 보라색 물에 자투리 천이랑 스카프를 담가두었다. 스카프랑 자투리 천은 보라색을 입고, 색깔까지 빠진 포도 껍질은 부피가 쪼그라들었다.

해가 지나면서 보니 양파 껍질이나 포도 껍질 염색은 색이 견고하지 않아서 한 해 지나면 빛이 바랬다. 천연 염색이 대개 빛바램 현상이 있지만, 양파나 포도에서 얻은 색은 더욱 약하다. 그렇지만 한 번 염색한 천에 또 다시 물을 들이면 두 번째는 색이 더 잘 올라온다. 그래서 스카프나 손수건 같은 소품은 해마다 한 번씩 물을 들여 산뜻하게 부활시킨다.

자연물로 태어나서 제 몫을 다하고 마지막에 껍질까지 내어 준 양파와 포도에게 고맙다.

그들을 키워준 흙님과 비님과 해님도 고맙다.

그들이 내어준 색 안에 담긴 우주의 기운은 더욱 고맙다.

양파 껍질 염색

포도 껍질 염색

3. 생명을 먹다

Eating Well

함께
밥 먹기

오랜만에 한국에 와서 살림을 해보니 소비문화가 크게 달라져 있었다. 미국에 살면서 가끔 한국을 다녀갈 때마다 문화가 빠른 속도로 바뀌고 있다고 느꼈지만, 막상 와서 살아보니 풍족함을 너머 지나치다는 생각마저 든다. 입는 문화가 사치스러워졌듯이 먹는 문화도 가공식품과 배달 음식이 넘쳐나고 있다. 골목마다 깊숙이 들어선 상가에는 온갖 식당들이 즐비하고, 늦은 밤에도 음식이 배달된다. 베이커리 문화도 다양해졌고, 카페 또한 셀 수 없이 많다. 마치 돈만 있으면 하루 세끼 손가락 하나 까딱 안 하고 식사가 해결될 것 같은 반면, 저 많은 식당과 빵집과 카페들이 다

사과, 김근희, 수채화

장사가 되려면 온 국민이 하루 종일 외식을 해야 할 것만 같은 양면성이 보인다.

마트에도 먹을거리는 즐비하다. 소비자의 시선을 끌려고 화려한 포장을 입은 가공식품, 한 번 마시고 버릴 수 있도록 작은 용기에 담긴 음료수가 진열대를 메우고 있다. 울긋불긋한 포장 용기를 보면, 먹는 것보다 뒤에 남는 쓰레기가 더 많아 보여서, 음식을 먹는 건지 포장을 먹는 건지 모르겠다는 생각이 든다.

사실 이런 소비는 미국에서 늘 보았던 일이다. 하지만, 한국에는 유사 업종들이 가까이, 촘촘히 자리 잡고 있어서 판매자 입장에서 경쟁이 심하겠다는 생각이 든다. 그래서 많이 벌고 많이 소비하는 사회가 되었지만, 한편에서는 살기 어렵다고 입을 모으는 거 같다.

다른 소비를 별로 하지 않는 우리 집 살림에서, 음식물 구입은 큰 비중을 차지한다. 장을 보니 물가도 많이 비싸다. 한국 돈으로 10만 원어치 장을 보면, 미국 돈 100달러만큼의 가짓수가 안 되어 보인다. 우리가 한국 생활이 서툴러서 그럴 수 있지만, 일반적으로 사람들이 먹고살기 힘들다고 하는 말에 공감이 간다. 그러면서도 한편 갸우뚱하는 점은 물가가 비쌀수록 재료를 사서 집에서 해먹어야 할 텐데, 이상하게도 외식문화가 유행처럼 퍼져 있는 모습이었다.

오랜만에 한국에 왔다고 친지들에게 연락하면 공통으로 하는 말이 있다. "서울에 오면 연락해, 밥 한번 먹어"라고. 밥 한번 먹으려고 강원도에서 서울까지 가기도 어렵지만, 어쩌다 일이 있어서 가게 되면 늘 식당에서 밥을 먹는다. 우리는 미국에 사는 동안 한국에서 손님이 오면 늘 집에서 준비하여 식사하면서 느긋하게 이야기 나누고 하룻밤 재워 보냈다. 이제 그런 일은 먼 추억이 되었다. 친구는 나름 고급 식당에서 비싼 음식을 대접하는 거지만, 바깥 음식을 좋아하지 않는 우리는 반찬 가짓수가 없다고 해도 마음을 담아 차려준 집밥 한 그릇이 그립다. 게다가 밥 약속이 주로 저녁이라서 더 힘들다. 다들 일 마치고 저녁 먹기를 원하는데, 저녁을 거하게 먹고 강원도까지 운전해서 돌아오려면 한 시간쯤 후부터 졸음이 밀려오기 때문이다. 그래서 함께 밥 먹기 힘든 친구는 앞으로 자주 볼 일이 없겠다는 막연한 예감이 든다.

젊은 날, 같은 길에서 만나 잠시 동행했던 친구일지라도 서로 방향이 다른 길로 접어들어 멀리 와버렸다. 그러니 다시 예전의 길동무로 돌아가기는 서로에게 쉽지 않은 일인 것 같다. 친구가 그의 길을 가듯이, 우리는 우리의 길을 가겠지. 그리고 앞으로 우리가 살아가는 방식에 함께 가치를 두는 새로운 길동무를 만나 같이 밥을 먹게 되겠지.

우리 집 잡곡밥

제철
음식

속초 생활이 몇 달 지나고 봄이 되었을 때 이웃에게 오일장 이야기를 들었다. 양양 읍내에 4, 9일이 들어가는 날마다 장이 서는데, 풍성하고 값도 싸다고 했다. 어릴 적 엄마 손 잡고 다녔던 재래시장의 추억을 떠올리며 오일장 구경을 나갔다.

그동안 재래시장은 다녀봤어도 오일장은 처음이다. 장이 서는 곳이 어디쯤일까 했는데, 두리번거릴 필요도 없이 사람들이 모여드는 한 장소가 멀리서 보였다. 장에서는 뽕짝 가요가 흘러나오고, 울긋불긋 옷 장사들이 늘어서 있었다. 손님을 부르는 상인들의 고함 소리, 지글지글 부침개 지지는 냄새, 물건 값 흥정하는 소

276

리로 시끌벅적했다. 역시 장은 떠들썩해야 제 맛이다.

농기구와 부엌칼을 펼쳐 놓은 대장간 안에서 쇠 두드리는 소리가 흘러나왔다. 신기한 마음에 그 안을 기웃거려 보니, 벌겋게 달구어진 쇠붙이를 불 속에서 꺼내어 두드리는 중이다. 어렸을 때의 살림살이인 근대 골동품들을 늘어놓은 좌판도 있다. 놋대야, 놋수저, 놋그릇… 나의 어린 시절, 어느 집에서나 사용하던 일상용품들이다. 오랜만에 만난 옛 물건들 덕분에 잠시 시간 여행을 다녀왔다.

이제는 장을 봐야지. 먹을 건 어디서 사는 게 좋을까? 천막을 치고 채소와 과일을 그득하게 갖춘 상인도 있고, 가짓수 몇 개 안 되는 농산물을 조금씩 늘어놓은 할머니들도 많다. 새까만 얼굴에 골골이 주름진 할머니들 앞에는 올망졸망 산나물들이 1,000원, 2,000원씩이다. 도시 사람들에게 산에 가서 그만큼 나물을 해오라고 하면 시간이 얼마나 걸릴까? 아니 1,000원, 2,000원의 대가로 일을 하라고 하면 무슨 일을 얼마만큼 할 수 있을까?

그런데 저 나물들이 뭐가 뭔지, 어떻게 조리하는지 도통 알 수가 없다. 음식을 배울 나이인 서른 살에 미국으로 가서 20년 사는 동안 주로 미국 식단으로 먹었으니 나물을 알 리 없다. 어느 할머니가 담아 놓은 나물이 연해 보여서 뭐냐고 물었더니, 두릅 한 그릇에 3,000원, 두 그릇에 5,000원이라고 했다. 한국 물가를 잘 모르고 특히 시골 장 물가에 익숙하지 않아서 한 그릇 달라고 했더니 "왜, 두 그릇이 아니고?" 되물으셨다. 집에 와서 먹어보니 두릅 향이 너무 좋다.

그냥 두 그릇 사서 올 걸 하는 뒤늦은 아쉬움이 들었다. 얼마 후 다시 장에 갔을 때 두릅을 찾아보니, 봄나물은 그때만 잠깐 나오는 귀한 재료여서 이미 없었다. 마트에 가면 대개 어느 물건이나 1년 내내 있으니 제철 음식에 대한 생각이 모자랐다. 두릅 맛을 알고 난 후 마트에서 두릅을 한 번 사 보았다. 그런데 기대했던 맛이 아니었다. 내용물의 양도 할머니에게서 받은 거에 비해 5분의 1 정도다. 생산지도 국내산이라고만 되어 있을 뿐, 어디서 온 건지 알 수 없다.

오일장에 나오는 채소가 대부분 제철 음식이라는 걸 나이 오십이 넘어서 알게 되었다. 이제라도 알았으니 다행이다. 가까운 곳에서 제철에 자란 농산물로 1년 식탁을 꾸릴 수 있다면 얼마나 좋을까 하는 생각이 든다. 비록 당장 텃밭은 못 하더라도, 좋은 농산물을 잘 가려 먹어야겠다는 생각이 든다.

오일장에 나온 봄나물들

비닐봉지 없이
장보기

오일장에 재미를 들이니, 마트의 포장된 물건이 선뜻 집어지지 않는다. 요즘은 포장 비닐이 너무 많이 사용된다. 물건을 유통하려면 포장은 필수지만, 내용물은 조금이고 겉포장만 큰 상품은 뒤에 남는 쓰레기가 더 많다. 포장이 큰 물건은 그 자체로 자리를 차지해서 빠듯한 공간 안에 수납하려면 겉포장을 다 벗겨야 한다. 그렇게 해서 나온 비닐들은 분리수거 해도, 그중 상당 부분은 비닐에 인쇄된 색을 분리해 재활용하는 비용이 너무 들어 실제로는 재활용되지 않는다고 한다.

글씨가 큰 포장이나, 대형 간판을 보면 아무 곳에서나 큰 소리로 떠드는 사람처럼 보인다. 그렇게 여러 사람이 소리 높여 자기 말만 하면 누구의 말도 들을 수 없지만, 반면에 너도나도 목소리를 조금씩 낮추면 작은 소리로 이야기해도 서로 소통할 수 있지 않은가. 그러니 모든 포장을 크기도 줄이고, 재활용하기 좋은 색으로 통일하면 안 될까?

오일장에 갈 때는 늘 장바구니를 챙긴다. 장에서 물건을 사면 검은 비닐봉지에 담아주는데, 장바구니를 갖고 왔으니까 비닐봉지에 담지 않아도 된다고 하면 할머니들이 좋아한다. 봉지 하나라도 아끼는 마음이 고마운지, "봉짓값 아꼈으니 더 줄게" 하며 후하게 덤을 얹어 준다. 할머니들이 비닐봉지 한 장이라도 아끼면 좋아하는 것을 알고 난 후부터, 깨끗한 비닐봉지들을 잘 접어서 장에 가지고 간다.

오디와 상추를 사면서 가지고 간 봉지를 드렸다. 묶는 끈까지 챙겨 드렸더니, "아이고 고마워라! 꼼꼼하게도 챙겨왔네" 하며 오디를 듬뿍 더 주신다. 감자를 사면서도, 비닐봉지를 드렸더니 "이렇게 고마울 수가. 감자 많이 줄게" 하며 덤으로 준 감자가 원래 산 것보다 더 많다. 양손 가득 묵직하게 장을 보고 돌아오는 길은 흐뭇하다. 싱싱한 먹을거리가 많이 생겼고, 우리의 작은 마음을 크게 받아주는 인정이 고맙다. 별거 아닌 작은 일로 하루가 이렇게 기쁘다.

물건 담아온 비닐봉지를 잘 접어서 장에 갈 때 다시 가지고 간다.

우리 집
호박

늦더위가 오래간다. 오늘은 장날이니 뜨거워지기 전에 일찍 다녀와야겠다. 더운 날에도 장은 변함없이 선다. 실내에 있는 가게들은 선풍기 바람에 의지하여 땀을 식히지만, 길바닥에 물건을 늘어놓은 할머니들은 달리 더위를 피할 길도 없다. 파라솔 아래에서 땀 흘리며 앉아 있을 수밖에.

달걀을 소담하게 담아 놓은 바구니가 눈에 들어왔다. 황색 달걀도 있고, 하얀 달걀도 있다. 지난가을 한국에 온 이래로 흰 달걀을 보지 못했다. 마트에 나오는 달걀은 모두 다 황색 달걀이다. 내가 어렸을 때는 지푸라기로 짠 달걀 꾸러미 안에 하얀 달걀이 더

283

많았다. 황색 달걀은 귀했던 기억이 있다. 미국에도 흰 달걀과 황색 달걀이 같이 있는데, 한국에선 왜 흰 달걀이 사라졌을까? 하도 이상해서 달걀 파는 가게에 물어보기도 하고, 집에서 닭을 키우는 분께 물어보았다. 그런데 뜻밖에 아무도 달걀색에 관심이 없다. 다만 황색 달걀이 백색 달걀보다 더 건강해 보이기 때문이라는 추측뿐이다. 요새는 달걀도 유행에 맞추어 옷을 입는구나 싶었다.

오랜만에 만난 흰 달걀이 반가워 할머니께 여쭈었다.

"할머니, 달걀 어떻게 해요?"

"열 개에 3,000원 받는데, 스무 개 다 하면 5,000원에 줄게."

"예, 다 담아주세요."

할머니가 달걀을 조심스레 한 알씩 봉지에 담는 동안, 그 옆에 있는 과실주 같이 생긴 병이 뭔지 여쭈었다.

"그거 오디 엑기스야. 3년 됐어."

"얼마예요?"

"10,000원도 받고, 12,000원도 받고, 하나 남으면 8,000원도 받고 그래. 두 병 남았으니까 15,000원 치면, 달걀이랑 해서 거스름 없이 20,000원이야."

할머니 머릿속 계산기에는 벌써 계산이 끝나 있다. 그래서 갑자기 오디 엑기스 두 병을 사게 되었다. 옆에 있는 참기름도 한 병 사고, 일어서다가 호박이 눈에 들어왔다. 색이 진하고 큼직해 여느 호박 같지 않아 보였다.

"할머니, 이 호박은 무슨 호박이에요?"

나는 어떤 종류의 호박인가 여쭈었는데, 할머니 대답은 "우리 집 호박, 아주 맛있어! 한 개 1,000원이야" 하신다.

요즘 호박 철이라서 1,000원에 세 개도 살 수 있는데, 한 개에 1,000원이면 비싼 거다. 그렇지만 할머니는 간곡히 호박을 팔고 싶어 하신다. "우리 집이 여기서 멀거든, 다 팔고 가야 해." 그래서 호박도 하나 사고, 가지도 한 무더기 샀다. 할머니가 밝게 웃으신다.

집에 오면서 "우리 집 호박이라 아주 맛있다"는 할머니 말이 자꾸만 머릿속에 맴돈다. 직접 키운 작물에 대한 농부의 자부심이 저절로 묻어나는 말이다. 우리끼리 몇 번씩 그 말을 따라하면서 웃었다.

"우리 집 호박, 아주 맛있어!"

흰 달걀과 호박

주면
주는 대로

　육고기를 잘 안 먹는 우리 집의 건강한 식단을 위해서는 생선 가게가 중요하다. 장에 갈 때마다 물고기 구경을 하고 있으면, 생선 아주머니가 우리를 보고 반색한다. 생선 값을 물어보면 "한 마리에 4,000원인데, 이모니까 세 마리 만 원에 줄게. 골라봐"라고 답한다. 알아서 달라고 하면 아주머니가 알아서 큰 거와 작은 거를 적당히 섞어준다.

　한 달쯤 전이었다. 그날은 아주머니 좌판에 색이 빨갛고 다리가 긴 홍게가 가득했다. 사람들이 모여 값을 묻고, 아주머니는 만 원에 일곱 마리를 외치며 차례대로 담아주느라 바빴다. 혼자서 파느라 하도 바빠서, 우리 차례가 오기를 기다리고 있었다. 그런데 한쪽에서 어떤 아주머니가 스스로 홍게를 골라서 비닐봉지에 담고 있었다. 그러고는 만 원 한 장을 내미는데, 갑자기 생선 아주머니가 그렇게는 못 팔겠다고 했다. 옆에서 바라보면서도 스스로 골라 담는 모습이 좀 불안해 보였다. 역시나 그렇게 팔 수 없는 이유는 크기가 다른 생선을 숫자대로 살 때는 상인이 주는 대로 가져가야지 손님이 그중 큰 것만 고르면 안 된다는 것이었다. 게다가 홍게를 고르는 동안 다리가 마구 부러져서 상품 가치가 떨어졌으니, 지금 봉투에 담은 큰 게 일곱 마리는 5만 원을 내야 한다고 했다. 그러나 큰 것으로만 일곱 마리를 가져가려던 손님이 그 말에 동의할 리 없었다. 서로 언성이 높아지고 싸움이 났다. 바가지요금이 어디 있느냐, 한 번 봉지에 담은 게는 다리가 꺾였기 때문에 다시 쏟아 놓아도 팔 수 없다, 싸움은 끝날 기미가 보이지 않았다. 그 모습을 마냥 지켜볼 수 없어서, 슬그머니 빠져나와 다른 장을 먼저 보러 갔다. 필요한 물건을 다 사고 왔는데도, 두 아주머니는 여전히 씩씩거리고 있다.

'어쩌지? 오늘은 그냥 갈까?' 하다가 물건을 차에 실어 놓고 다시 와봤더니, 그제야 싸우던 손님은 안 보이고 생선 아주머니는 부러진 게의 다리를 모으고 있다. 짐짓 조금 전 상황을 모르는 척하면서 홍게 만 원어치 달라고 했더니, 제법 큰 거를 여럿 담아주었다. 덤으로 부러진 게 다리들도 모두 담아주었다. 고맙다고 인사하니, 고개를 끄덕이며 웃는 표정이 영 씁쓸해 보였다.

장에서 돌아오는 우리 기분도 같이 씁쓸해졌다. 우리는 싸움의 끝을 못 보았으니 누가 이겼는지 모르겠지만, 짐작하건대 그 손님이 결코 5만 원을 내지 않았으리라. 생선 아주머니는 손님의 행동이 하도 얄미워서 심술을 부려본 것일 거다. 싸움의 끝에 나타난 우리는 엉뚱하게도 싸움 때문에 부러진 게 다리를 몽땅 덤으로 가져오게 되었다.

그 일이 있은 후, 생선 아주머니 얼굴에 그늘이 보였다. 어떤 장날에는 안 보이기도 했다. 시장에서 장사하다 보면 여러 사람을 겪을 테니, 지난번 그 일을 내내 마음에 담아두지 않을 텐데. 그래도 우리만 보면 눈인사를 열심히 하는 통에 그 앞을 그냥 지나칠 수가 없다. "아주머니, 오랜만이에요. 지난번 장에는 안 계시더라고요" 했더니, "으응…" 하고 얼버무린다. 오늘은 뭐가 맛있나 물으니, 작아도 맛있는 가자민데 스무 마리에 만 2천 원이라 한다. 숫자가 적어도 좋으니 알아서 만 원어치 달라 했다. 아주머니는 하나, 둘 세어가며 가자미를 담더니 "그냥 스무 마리 다 줬어" 한다.

세상살이 지내면서 보면, 알아서 달라는 말이 가장 부담스러운 것 같다. 알아서 잘 줄 것을 먼저 더 달라고 하면 주고 싶었던 마음도 그만 움츠러들게 된다. 시장에서 장 볼 때도 기본 매너가 있어야 한다. 대형마트나 백화점 물건 값은 정가대로 치루는 걸 당연히 여기면서, 재래시장에서는 조금이라도 값을 깎거나 더 많이 달라고 한다. 거대한 기업 판매자에게는 감히 맞서지 못하면서, 일개 작은 판매자를 아래로 보는 시장 문화가 참 씁쓸하다.

시장이란 작은 물건이 매체가 되어 판매자와 소비자가 서로 덕담을 나누며 연결되는 훈훈한 문화 아니던가. 우리말에 '가는 말이 고와야 오는 말이 곱다'는 말이 있다. 재래시장이라고 해서 손님만 왕일 수 없다. 소비자와 상인이 서로 존중하는 문화가 자연스레 정착되면 얼마나 좋을까.

단골

봄이 되니 오일장에 활기가 넘친다. 대장간 앞에 농기구가 나와 있고 모종 시장도 북적인다. 장터 곳곳에 늘어놓은 물건들로 발 디딜 틈이 없다. 날이 풀려서 할머니들이 내오는 품목이 많아지니 우리도 덩달아 신이 난다. 겨울에는 할머니들이 가져오는 채소가 없어서 구색 갖춘 상인에게서 반찬거리를 살 수밖에 없었다.

장에 다녀보니 상인은 크게 두 부류로 나눠지는 것 같다. 물건 값을 물으면 퉁명스럽기 이를 데 없고, 슬쩍 안 좋은 물건을 밑에 깔아서 파는 지독한 사람들이 있다. 반면 청하지 않았는데도 알아서 좋은 것으로 골라주고 한두 개 덤까지 넣어주는 인심파도 있다. 처음에야 누가 지독파고 누가 인심파인지 모르지만, 다녀 보면 감이 잡힌다. 알아서 달라는데 슬쩍 안 좋은 물건을 속에 넣었을 때, 집에 와서 장바구니를 풀어보며 드는 실망감은 참 씁쓸하다. 그럴 때는 잘 기억해 뒀다가 그 상인에게는 안 가게 된다. 그 상인은 어수룩한 손님에게 안 좋은 물건을 하나 끼워서 팔기는 했지만, 단골을 하나 잃은 셈이다. 장사는 역시 신용이 기본이고 제일이다. 멀어도 다리품 팔아가며 단골을 찾아가니까.

　장에 오면 맨 먼저 할머니 골목으로 간다. 거기서 제일 연세가 많아 보이는 할머니가 버섯을 파시는데, 그 할머니는 어떤 때는 셈도 잘 못하셔서 옆에 앉은 아주머니가 계산이 맞는지 눈여겨 봐준다. 할머니가 버섯을 얼른 다 팔아야 집에 가실 거 같아서, 버섯은 늘 그 할머니에게서 산다. "할머니, 안녕하셨어요? 비닐봉지 가져왔어요. 그릇도 있어요." 얼마 전 선물 받은 딸기 용기 플라스틱 그릇도 같이 드렸다. 분리배출로 내놓아도 되지만, 둥근 바가지 모양이라 시장 할머니에게는 요긴할 것 같아 챙겨왔다. "아유, 고마워! 늘 이렇게 가져다줘서." 할머니는 버섯 한 그릇을 봉지에 담고 손으로 좀 더 집어서 덤까지 넣더니, 그냥 가져가라고 한다. "아니에요!" 하며 돈을 드리려 했더니 막무가내로 안 받으신다. 할머니 마음을 단돈 2,000원과 바꾸고 싶지 않아 고맙다고 꾸벅 인사했다.

　다음으로 '우리 집 호박' 할머니에게 간다. 인사를 하고, 모아온 비닐봉지를 건넸다. "아이쿠-!" 할머니는 별거 아닌 비닐봉지를 받으면서도 늘 대단한 선물이라도 되는 듯 반가워하신다. 오늘은 뭘 사면 좋을까 생각하며 할머니가 늘어놓은 물건들을 보니 주로 산나물이다.

이중에서 날로 먹어도 되는 게 뭔지 여쭈니, 도라지 새싹은 날로도 먹고 무쳐도 먹는다고 한다. 도라지 새싹을 달라고 하니 봉지가 넘치게 담으신다. "됐어요, 고만 담으세요." 파는 사람은 더 주고 싶어 하고, 사는 사람은 그만 됐다고 하는 이 맛에 장에 온다. 그렇게 많이 받고 2,000원만 드리기 미안해서 다른 것도 이것저것 더 샀다. 비름 2,000원, 부추 한 단에 1,000원, 쪽파 1,000원, 고사리 4,500원, 모두 10,500원인데, 굳이 청하지 않아도 500원은 에누리다. 더불어 조리법도 일러주신다. 비름은 이렇게, 고사리는 저렇게, 할머니 덕분에 나물도 배운다.

양손에 채소가 가득, 생선도 사고, 알타리 무도 두 단 샀다. 집으로 오는 길에 청대산 약수터에 들러 물까지 받아오니 한동안 먹을 양식이 넉넉하다. 집에 도착하면 장 본 것을 다듬고 만져야 한다. 음식은 싱싱할 때 잘 갈무리해 놓아야 오래 신선하게 먹을 수 있다. 씻고 다듬고 얼리며 종종거리다 보면 어느새 밤이다. 오늘처럼 김칫거리까지 다듬는 날은 더욱 바쁘지만 그래도 신나는 장날이다.

청대산 약수터

존중하며
장보기

장날인데 비가 오면 시장 사람들이 떠오른다. 질척한 날 우산 쓰고 장에 가는 일은 물건을 사는 사람도 불편하지만, 물건을 가져 와서 파는 사람들은 더 불편할 것이다. 그렇지만 비가 와도 장은 여전히 선다. 화창한 날처럼 북적거리지 않지만, 비 오는 날은 나름의 정취가 있다. 큰 우산과 장막들이 연결되어 빗속을 우산 없이 지나갈 수 있고, 임시로 쳐 놓은 장막에 빗물이 고이면 가끔 우산 끝으로 밀어 올려 좌르륵 물을 빼곤 한다.

비 오는 날에도 '우리 집 호박' 할머니가 나오셨다. 늘어놓은 물건을 보며, 호박, 가지, 실파를 고르다가 고춧가루 봉지가 눈에

295

들어왔다. 고춧가루 가격을 여쭈니, "얼마를 받아야 하나? 많이 받을 수도 없고, 얼마 내고 싶어?" 망설이신다. 할머니가 가격을 고민하는 동안 고른 물건들을 장바구니에 담고 있으니, "15,000원 할까?" 하신다. "예, 그러셔요" 하며 다른 물건 값과 함께 20,000원을 건넸더니, 실파 한 단을 더 얹어주신다. 괜찮다고 해도, 막무가내로 가져가라고 하신다. 무쳐서 싹싹 밥 비벼 먹으면 맛있다고 먹는 법도 일러주신다. 할머니께서 이런 채소들을 어떤 텃밭에서 키우시나 궁금하여 댁으로 놀러가도 될지 여쭈었다. 선선히 그러라고 하셔서, 날을 정하고 일러준 주소로 찾아갔다.

할머니는 천 평 너른 터, 조그만 집에서 혼자 살고 계셨다. 자식들은 독립하였고, 20여 년 전 할아버지를 여의고 혼자되었지만, 자식에게 기대지 않고 넓은 텃밭을 소일 삼아 거두고 계셨다. 평생 해온 농사고 밭에서 먹을 게 나오니까 자식들이 말려도 심심해서 장에 나오는 거라고 하셨다. 이 나이에도 신세지지 않으니 얼마나 좋으냐고 하셨다. 우리에게 가위를 하나씩 주면서 저쪽 나무 아래에서 부추를 자르고, 밭 곳곳에 있는 호박이며 가지, 고추도 원하는 만큼 따가라고 하셨다. 마당에 있는 호두나무에서 떨어진 열매를 주워 껍질을 벗기니 우리가 아는 호두가 나왔다.

"왔으니까 밥 먹고 가."

우리가 텃밭을 다니며 수확하는 동안 할머니는 점심을 차리

296

셨다. 할머니가 갓 지은 밥을 맛있게 먹으며, 우리 이야기, 할머니 이야기를 나누었다. 할머니도 우리가 뭐 하는 사람들인지 궁금했단다. 미국에서 오래 살았다고 하니, 캐나다에 사는 할머니의 외손자가 미국 대통령(당시 오바마 대통령)이 다닌 대학교에 들어갔다고 한다. 한참 이야기를 나누고 일어서는데, 냉동실에서 얼려놓은 생선을 한 묶음 내주셨다.

"이거, 우리 아들이 낚시해 온 빙어야."

"어머, 이렇게 귀한 걸요!"

"딸 같이 생각해서 주는 거야."

"고맙습니다. 어머니!"

그날 이후 할머니는 우리에게 양양 어머니가 되었다. 오일장 이야기를 할 때 단골 할머니가 텃밭이 넓은 부농이고, 손자가 하버드 대학에 다닌다고 하면 다들 놀란다. 장터에 앉아서 쪼글쪼글한 손으로 채소를 다듬는 할머니들을 무조건 자신보다 아래로 보는 선입견이 있기 때문이다. 실제로 할머니도 장에서 그런 이유 없는 하대를 여러 번 겪어서, 우리가 할머니를 대하는 태도를 그동안 예쁘게 보셨단다.

그 후로 장에 갈 때 무엇을 살까 고민하지 않는다. 양양 어머니가 가지고 온 채소들로 나누어 먹는다. 생산자를 알고 어떤 환경에서 자랐는지 보았으니 먹으면서도 안심이 되고 흐뭇하다.

할머니 집에서 수확한 호두

빈 통 가져가서
장보기

해를 거듭하며 오일장에 다니는 동안 장의 상황을 조금씩 알게 되었다. 늘 같은 자리에 같은 얼굴이 보여서, 이런 좌판에도 정해진 자리가 있고 자릿세 같은 게 있나 궁금했는데, 그런 건 아니라고 한다. 다만 새로 장에 나온 경우는 눈치껏 먼저 나온 사람에게 폐가 되지 않게 처신하는 매너가 필요한 거 같다.

연세가 높아 보이던 버섯 할머니는 이제 안 보인다. 생선 아주머니도 장을 떠났다. 그 옆에 앉아서 김과 미역 파는 아주머니에게 생선 아주머니 소식을 물었더니, 다른 곳으로 옮겼다고 한다. 양양 어머니가 된 '우리 집 호박 할머니'는 장에서 어르신 대접을 받는 대장 할머니였고 연세가 많으셨다. 할머니를 처음 만났을 때 "내가 여섯이야" 하셔서 76세인 줄 알았는데, 86세라는 뜻이었다. 그로부터 몇 년이 지나 이제는 아흔이 넘은 연세에도 정정하게 일하시는 모습은 정말 감동적이다.

양양 어머니 옆자리에 나오는 두 할머니도 곱게 나이를 드셨다. 흔한 머리 염색과 꼬불꼬불 파마머리가 아니고 하얗게 센 짧은 머리가 오히려 돋보인다. 그중 한 분이 우리를 보면 엔돌핀이 나온다고 말하곤 해서 우리는 그분을 엔돌핀 할머니라고 부른다.

오일장에서 만나는 할머니들을 볼 때마다 시장 문화를 지방마다 적극 살리면 좋겠다는 생각이 든다. 어르신들이 5일에 한 번씩 바람도 쐬고, 경제활동도 쏠쏠하니 얼마나 좋은가? 요즘은 고령화 사회가 되어 노인은 많지만 건강하게 나이든 노인 만나기는 쉽지 않다. 나이가 들어도 가족이나 사회에 의지하지 않고 혼자서 가정을 꾸려갈 수 있다면, 가정이나 사회에도 득이 될 것이다.

요즘은 장에 가더라도 단골 몇 군데만 들러서 장을 보기 때문에 장 보는 시간이 짧아졌다. 우리가 다니는 동선은 과일 아저씨, 양양 어머니, 새로 단골이 된 생선 가게다. 요즘 가는 생선 가게는 규모가 크다. 장날이면 형님, 아우, 제수씨, 아주버니 등 온 가족이 나와서 바삐 일한다. 그중 제수씨로 통하는 젊은 안주인은 생선 사러 온 모든 여자 손님을 나이에 상관없이 '언니'라고 부른다. 그래서 손님들도 그 안주인을 '언니야'라고 부른다. 요즘에는 먹고 입는 문화만 넘치는 게 아니라 호칭도 과해져서 아무나 사장님, 사모님이다. 모든 아저씨가 사장님이 되는 것도 이상하지만, 이유 없이 사모님이라 불리는 경우는 더욱 불편한데, 차라리 언니라는 호칭이 사모님보다 친근하다.

우리는 언니야 생선 가게에 갈 때 생선 담을 통을 몇 개 가지고 간다. 생선을 사면 꼭 비닐봉지에 두 번씩 넣어 주는데, 생선 담아온 비닐은 재활용이 어렵다. 그래서 아예 비닐봉지를 안 쓰기 위해 통을 가지고 간다. 처음에는 그런 일을 좀 낯설어하던 가게 주인도 이제는 우리를 보면 당연히 통을 가져왔으려니 한다.

빈 통을 가져와서 생선 사가는 모습을 지켜본 어떤 아주머니가 "그렇게 통을 가져오니 좋네요" 한다. "네, 생선 담았던 봉지는 버리는 것도 일이에요"라고 대답했다.

생활 깊숙하게 자리 잡은 비닐봉지와 플라스틱을 어느 날 갑자기 전혀 안 쓰고 살기는 거의 불가능하다. 그렇지만 일회용 비닐봉지나 일회용 그릇 대신 이미 가지고 있는 플라스틱 용기를 사용하면 일회용품 쓰레기는 그만큼 줄어든다. 그런 실천이 처음에는 불편해도 생활 습관으로 자리 잡으면 얼마든지 해낼 수 있는 일이다. 어렵지도 않다. 한 사람이 한 가지씩만 실천하면 온 나라가, 전 세계가 함께 한다면 그 효과는 태산같이 커질 것이다.

생선 가게에 갈 땐, 생선 담을 통을 가져가서 담아온다.

•

생산자를 알고
음식을 먹는 것

미국의 가을에 할로윈Halloween 호박이 빠질 수 없듯이, 한국의 가을에는 감이 있다. 비록 아파트 생활이지만 곶감 말리기를 한번 해보니, 가을에 곶감을 매달지 않으면 뭔가 빠진 듯 허전하다. 곶감은 먹을 때만 즐거운 게 아니라, 말리는 내내 풍성한 가을을 느끼게 해준다. 올해는 감이 풍년이라 집집이 감들이 주렁주렁 열렸다. 남의 집이라도 탐스럽게 익어가는 감을 바라보면 괜히 흐뭇하다. 우리도 다시 마당이 있는 집에서 살아야 할 텐데. 작은 텃밭에서 채소가 자라고, 과실나무에는 철마다 과일이 열리는 꿈이 언제나 실현되려나? 임시로 자리 잡은 아파트에서 설악산 관찰이 시작되어 당분간 이렇게 지내지만, 텃밭의 꿈을 가까운 미래에 반드시 실천하리라 다짐해본다.

안 그래도 감 생각을 하고 있는데, 합덕에 사는 친구가 감 따러 오라고 연락이 왔다. 감이 너무 많이 열려서 감나무 가지가 땅에 닿도록 휘었다는 말과 함께. 약 한 번 안치고 저절로 익은 감이고, 생산자를 아는 좋은 농산물이다. 그래서 충청도까지 냉큼 달려갔다. 친구네 마당에서 감을 따서 큰 장바구니 두 개가 넘치도록 담아왔다.

다음 날 종일 감을 깎아서 베란다에 주렁주렁 매달았다. 곶감은 껍질을 깎아 말리는 일뿐 아니라, 바람이 통하도록 잘 관리하는 일이 중요하다. 벌써 11월이라 창문을 열면 찬 기운이 서늘하지만, 낮에 몇 시간씩 베란다 창문을 열어서 곶감에 바람이 통하도록 했다. 정성껏 바람을 쐰 덕분에, 곶감은 색이 곱게 익어갔다. 곶감용으로 매달고 남은 나머지는 감말랭이에, 감식초에, 홍시 케이크도 만들었다. 물씬한 감색과 더불어 가을이 깊어간다.

곶감이 익어가는 동안 겨우내 두고 먹을 다른 농산물도 준비한다. 아파트 저장 공간이 빤해서 날씨가 따뜻할 때는 음식물을 조금씩 사서 먹는데, 겨울에는 베란다에 두고 먹을 수 있어서 넉넉히 준비해도 된다. 쌀은 곡성의 지인이 다랭이논에서 키웠다는 토종 현미로 주문하고, 팥과 서리태는 오일장에서 구하고, 벌교에서 꾸러미로 온 녹미, 흑미, 고구마와 키위, 지리산 농부의 통밀가루, 제주도에서 온 무농약 귤, 양양 유기농 사과까지 마련해 놓으니 든든하다. 어릴 적, 겨울을 앞두고 엄마가 쌀 사고, 연탄 들이고, 김장해 놓으면 걱정 없다고 흐뭇해하던 심정을 이제야 알겠다.

지금 당장 내가 먹을 거를 스스로 못 키우는 상황에서, 좋은 먹을거리를 키우는 농부님을 잘 모시는 일이 건강을 지키는 길이다. 그래서 음식 재료는 가능한 농부에게서 직접 구매한다. 직거래는 물건이 신선하고, 생산자와 소비자가 바로 연결되어 유통비가 없으니 농부에게도 좋다. 유통을 위한 포장도 안 하니 쓰레기도 적게 나온다. 그래서 오일장에서 직접 키운 물건을 사고, 농가 방문이 허락되면 기꺼이 찾아간다. 농부의 얼굴을 보고, 얘기를 듣고, 농부가 올린 글도 읽다 보면, 그 음식이 더 각별하게 다가온다.

그렇지만 좋은 음식 재료라고 해서 평균보다 너무 비싼 특산품이나 임금님 수라상에 올라갈 명품 작물을 원하는 건 아니다. 제철에 나는 평범한 먹을거리로 인체와 자연에 해가 되지 않게 키운 농작물을, 농부와 그의 가족이 먹는 바로 그 음식을 나눠 먹기를 원한다. 농부의 작업 환경이 만족스럽고, 얼굴이 즐거우면 우리도 기분이 좋다. 농부가 건강해야 우리네 밥상도 건강해질 테니까.

베란다에서 곶감 말리기

껍질까지
다 먹기

"김장하셨어요?" 11월 김장철에 오가는 인사다. 우리야 김장이랄 것도 없이 김치를 넉넉히 담그는 수준이지만, 김장 대신에 준비하는 홈 가공품이 있다. 가을에 수확한 햇생강을 유기농 설탕과 배합해서 생강차를 만든다. 한 달 이상 숙성된 생강차는 크리스마스 무렵부터 이른 봄 꽃샘추위까지 으스스한 몸을 따뜻하게 풀어주는 우리 집 상비약이다. 생강차와 함께 계피 한 조각을 넣고 약한 불에 은근히 끓이면 차가 끓는 동안 맛있는 냄새가 퍼져서 집 안 공기도 향긋해진다.

12월부터는 귤껍질과 키위 껍질을 말린다. 유기농 키위와 무농약 귤을 농부에게 직거래로 구해, 먹을 때마다 나오는 껍질을 잘 말린다. 식물은 많은 영양소를 껍질에 저장하기 때문에, 껍질을 벗겨내고 먹으면 영양 손실이 크다. 그렇게 껍질까지 먹기 위하여 농약이 안 들어간 농산물을 찾는다. 유기농이라서 조금 비싸더라도 껍질까지 다 먹으면 그 값어치가 있다. 버리는 껍질이 없으면 음식물 쓰레기도 없어서 다른 농산물도 가능하면 껍질까지 다 이용하려고 노력한다.

바싹 마른 귤 껍질과 키위 껍질은 작은 주머니에 담아 대나무 봉에 걸어놓고, 겨우내 꺼내 쓴다. 차로 우려 마시기도 하고, 가늘게 자르거나 분쇄기로 갈아서 케이크 재료로도 사용한다. 귤 잼을 만들 때도 귤피가 들어가면 식감이 좋아지고, 샐러드에 솔솔 뿌리면 상큼한 맛까지 더해주니 얼마나 쓸모가 많은 껍질인가 싶다.

귤 껍질을 가늘게 잘라서 말린다.

말린 귤 껍질과 키위 껍질을 분쇄한 가루

말린 귤 껍질과 키위 껍질을 주머니에 넣어서 매달아 놓는다.

무엇을
먹지 말까

추운 계절이 되면 겨울잠에 드는 동물이 있듯이 사람도 너무 덥거나 너무 추울 때는 일을 안 하고 먹지도 않고 자면서 그 기간을 나면 편하겠다는 생각을 해본다. 그러나 오직 생각일 뿐, 사람은 태어나는 순간부터 음식이라는 에너지원이 필요하다. 에너지가 되는 음식 섭취는 살아 있는 한 공급되어야만 한다.

사람이 생존하는 데 필요한 기본 요소로 의식주를 꼽는다면, 그중 맨 먼저 채워져야 할 요소는 '식'이 아닐까 싶다. 인류가 생존하기 시작한 태고 시절부터 인간과 음식에 대한 본능이 시작되었다. 의복이나 주거 이전에 일단 먹어야 목숨을 유지할 수 있으니 음식을 확보하는 일이 곧 생명의 연장으로 인식되었을 것이다. 요즘에는 먹을거리가 풍족해 식량 확보에 대한 절박함은 거의 없지만, 지금도 지구 한 편에는 식량 부족으로 고생하는 사람들이 있다. 그러나 먼 나라의 식량난은 쏟아져 나오는 뉴스 중 하나일 뿐, 당장 주변에 먹을거리가 넘치니 음식 귀하다는 생각이 별로 안 드는 게 아닐까. 오히려 현대 사회의 고민은 먹을 게 부족해서가 아니라, 먹을거리의 선택이다. 먹을 것은 많은데 무엇을 먹어야 좋을지? 수많은 음식 중에서 먹으면 건강에 도움이 되는 안전한 먹을거리는 무엇인지 고민해야 한다.

우리는 우리 입으로 들어가는 음식에 대하여 얼마나 알고 먹을까? 오늘 하루 먹은 것을 떠올렸을 때, 내가 먹은 음식이 무엇인지 과연 알고 먹었을까? 음식 자체의 재료뿐 아니라 첨가물로 무엇이 들어갔는지? 그 재료의 원래 모습은 어땠는지? 음식이 재료가 되기 전까지 살아 있는 생명이었는지? 그 생명은 어떤 환경에서 어떻게 자랐는지?

생명은 생명을 먹으며 생존한다. 우리가 먹는 음식이 생명을 지속시켜 주기에 'We are what we eat'라고 말하지 않는가. 한 걸음 더 나아가면 우리가 먹는 음식이 살아 있을 때 먹었던 음식 또한 마지막 소비자와 떨어질 수 없는 관계임을 잘 생각해야 한다. 달걀에서 병아리가 태어나서 짧은 생을 마치고 음식이 되어 사람의 몸에 들어가기까지 사육되는 생명과 키우는 사람, 먹는 사람은 모두 먹이 사슬로 연결되어 있다. 먹이 사슬의 마지막에 있는 소비자와 음식이 되는 생명과 현장에서 일하는 노동자의 환경은 결코 별개가 아니다. 병아리가 먹은 사료와 성장호르몬이나 항생제 등과, 병아리가 숨 쉬고 살던 생육 환경이 모두 마지막 소비자의 건강과 밀접한 관계가 된다. 그러니 고통 속에서 자란 음식을 먹은 사람인들 어찌 안전할 수 있을까. 비록 먹고 먹히는 관계가 되었지만, 음식이 되는 생명 또한 음식 이전에 생명으로 태어났으니, 살아 있는 동안에는 생명으로서의 기본권이 존중되어야 한다. 또한 생명을 키우는 사람들의 작업 환경 역시 보장되어야 마땅하다. 음식 사업이 이윤추구의 거대한 수단으로 발달될수록, 소비자는 마지막 포장 이전의 과정에 관심을 가져야 한다. 내가 선택한 음식이 과연 '공정'하게 생산되었고, '공정'하게 유통되어 나한테 올 수 있었는지를 늘 고려해야 하지 않을까.

지구상의 모든 생명은 서로서로 연결되어 있다. 세상의 고통은 어느 한쪽으로만 치우칠 수 없기에, 생산자나 소비자 모두 만족할 수 있는 공정 거래에 귀를 열어야 한다. 음식이 넘쳐나는 이 시대에 음식의 선택은 더욱 신중해야 한다. '무엇을 먹을까?'뿐 아니라, '무엇을 먹지 말까?'까지도.

"생명은 생명을 먹으며
생존한다."

4. 느리게 산다

Slow Living

느리게
살려면

"하루 종일 바쁘게 사시네요!"

우리 집에 온 지인들이 공통으로 하는 말이다. 우리가 말하는 '느리게 살기'라는 이미지를 시간 여유가 많은 한가한 일상으로 기대했던 모양이다. 일상이 한가로우려면 하루를 지속하는 데 필요한 노동을 누군가 대신해 주거나, 이미 만들어진 제품을 많이 이용해야 한다. 그러나 우리는 집의 모든 가사 일을 스스로 해결하고 기성 제품도 거의 사용하지 않으니 잔손 가는 일이 많은 게 당연하다. 바깥 음식은 물론 가공식품도 안 먹고, 집에서 차리는 세 끼 식사도 1차 재료로 만들어 먹는다. 옷은 헌 옷을 분해하여 만들거나 고쳐 입고, 필요한 가구는 버려지는 목재를 재활용해서 만들어 쓴다. 이렇게 많은 일을 직접 하려니 최소의 재료로 간단하게만 해도 종일 바지런히 움직여야 된다. 의식주 살림뿐 아니라 본업인 그림 작업이 있으니 늘 하루가 짧다. 그렇게 하루는 후딱 지나가지만 마음까지 바쁘지는 않다. 오늘 다 못 하면 내일도 있으니 오직 할 뿐이다.

우리의 '느림'은 세상의 빠름을 따라가지 않는다는 의미이다. 끊임없이 새 물건을 내놓고 소비를 부추기는 빠른 소비에 휩쓸리지 않으려는 의미에서의 느림이다. 그 빠른 소비가 누구를 위한, 무엇을 위한 빠름인지 생각해 보면 그 속도를 결코 따라가고 싶지 않다.

시시각각 생산되는 수많은 새 물건들을 보면, 다른 한편에 쌓여가는 쓰레기 더미가 저절로 떠오른다. 얼마 사용되지 못하고 버려질 짧은 유행 제품의 저렴한 가격을 보면, 그 가격을 맞추기 위해 부당한 노동이 담긴 건 아닌지 염려스러워 더욱 새 물건에 마음이 가지 않는다. 소비 의식이 바로 서야 생산의 방향을 공정하게 이끌 수 있다고 생각한다.

느리게 살기란 결국 느린 소비에서 시작된다. 소비가 줄어들면 쓰레기도 덜 나온다. 우리 집은 쓰레기봉투를 제일 작은 크기로 사용하는데 봉투 하나를 채우려면 아주 오래 걸린다. 소비를 줄여 살려면 무척 힘들지 않을까 싶지만, 이런 실천들이 누가 시켜서 하는 일이 아니라 자발적으로 우러나는 일이기에 힘들다고 생각해 본 적은 없다. 내 살림과 내 건강을 돈으로 사기보다 스스로의 힘으로 지키자는 의지에서 비롯된 일들이기 때문이다.

어찌 보면 시간이 많아야 할 수 있는 일처럼 보이지만, 사실 시간은 마음에서 나온다. 마음이 가야 시간을 내니까 결국 시간은 마음이 만드는 것이다. 마음 가는 일에 집중하고 있으면 시간이 멈춘 것 같이 잔잔해지고, 내면의 자신과 대화하는 평화로움이 느껴진다.

설악산에서 만난 자벌레, 이담, 와스페인팅

스스로
돌보기

　설악산 걸음을 다니면서 몇몇 동물을 만난 적이 있다. 다람쥐는 흔히 보았고, 고라니도 몇 번 만났고, 삵의 뒷모습을 본 적도 있다. 동물이라고 하기에 너무 작은 애벌레도 숱하게 만났다. 꼬물꼬물 애벌레를 만나면 그 작은 몸으로 어떻게 이동하는지 신기해서 한참 들여다보곤 했다.

　동물을 만날 때마다 느낀 점은 작은 애벌레나, 다람쥐나, 고라니나 모두 온전히 자기 한 몸으로 살아가고 있다는 것이다. 반면 사람들은 하루 중 온전히 자기 몸으로, 자기를 위하여 사는 시간이 얼마나 될까?

현대인들의 일과는 참 바쁘다. 돈을 벌고 쓰는 생산과 소비의 생활을 유지하다 보면 저렴하고 양이 많은 물건을 사는 게, 손해를 덜 본 것처럼 느껴진다. 대량 생산과 대량 소비, 패스트 패션과 패스트푸드의 쳇바퀴는 그렇게 맞물려서 끊임없이 쓰레기를 만들어낸다. 조금이라도 더 많은 돈을 벌기 위하여 자기 살림을 천천히 돌볼 여유는 줄어들고, 살림살이는 다소 마음에 안 차도 값싼 기성품이나 사 먹는 음식에 맞추고 만다.

이렇게 바쁜 생활 속에서 어쩌면 소소한 가사 일이나 식사를 직접 만들어 먹는 일상이 하찮아 보일 수도 있다. 얼마나 시간이 많으면 적은 돈으로 해결할 수 있는 먹을거리나 입을 거리를 스스로 만들까? 그런 일을 할 시간에 돈을 더 벌고, 기성품을 이용하는 게 집 안 경제와 사회 경제에도 좋지 않을까 하고 생각할지도 모른다.

그렇지만 매일 되풀이 되는 가사 일이야말로 바로 자신과 가족을 돌보는 일이고, 그 돌봄의 값어치는 물질로 계산될 수 없다. 누군가 나를 위하여 건강한 식사를 준비해 주고, 정갈한 잠자리와 쉴 수 있는 공간을 선물해 준다면 얼마나 행복할까? 어린 시절 엄마가 가꾸던 '홈, 스위트 홈'의 가치를 돈의 숫자로 바꾸어 환산할 수 있을까? 정돈된 일상 속에서 비로소 마음도 쉴 수 있기에 자신의 신체를 돌보고 주변을 정리하는 생활은 가장 든든한 건강

보험이다.

잘 돌보지 못해 몸과 마음의 균형이 깨진 느낌은 누구보다도 본인이 먼저 안다. 자신이 돌보지 않은 건강을 대신 책임지고 바로 잡아줄 사람은 없다. 가끔은 스스로 자신의 상태를 뒤돌아보아야 한다. 빠르게 변하는 시대의 흐름을 쫓느라 서두르는 동안 뭔가 밀리고 부족한 느낌이 쌓이는 건 아닌지. 그런 상실감이 쌓여 어느 순간 감당할 수 없는 무게로 자신을 누르는 건 아닌지.

가까운 과거에는 가족이 한 집에 모여 살았다. 가족이라는 울타리 안에서 좋든 싫든 서로 돌보는 문화였다. 때로는 돌봄을 너머 간섭이나 강요가 되어 불편하기도 했지만, 어울려 지내는 동안 보고 배우는 살림 습관들이 있었다. 요즘은 3~4인 가족에서 독립하여 바로 혼자 살림을 하는 1인, 2인 가족 시대가 되었다. 고등학교까지 입시 공부에만 전념하고 대학을 나와 다시 취업 경쟁을 뚫고 독립한 젊은이들은 사회에 나가 자신의 전문 분야에서 일하고 급여를 받는다. 그러나 매일 반복되는 일상을 어디서부터 정리해야 하는지 익힐 기회가 전혀 없었다. 자신만의 전문적인 일은 잘하는 사람이 옷장 정리나 간단한 음식조차 못 만드는 상황이 되는 것이다. 그래서 지금 시대의 화두가 '수납과 정리'가 되어가는 게 아닌가 싶다.

자립이란 경제적 자립뿐 아니라, 스스로를 돌보는 자립에서 시작되어야 한다. 나라가 건강해지려면 청년들이 건강해야 한다. 1인 가정이 건강해야, 2인 가정 또한 건강하게 되고, 3~4인 가정으로 발전할 수 있으니 '스스로 돌보기'라는 화두는 청년들 일자리 만들어주기만큼 중요하다.

나의 하루를 무엇을 위해 사용하는지 잘 생각해 보자. 하루의 노동 중에서 진짜 자신을 돌보는 노동은 얼마나 되는지도.

설악산에서 만난 다람쥐, 이담, 왁스페인팅

Slow Living

머물 때만
나의 집

오랜만에 미국 집에 왔다. 얼마 전까지 속초에서 머물던 곳도 우리 집이지만, 몇 년 전에 우리의 물건을 두고 떠났던 장소에 다시 돌아와 보니 여러 감회가 교차했다. 오래전 스케치북을 들추어 보는 듯, 열어 보는 상자마다 떠오르는 추억이 빼곡했다. 물건 하나를 만질 때마다 두고 온 시간으로 빨려들어 가곤 했다.

그러나 달콤한 시간은 아주 잠깐뿐, 돌아온 현실은 참혹했다. 몇 년 동안 살던 세입자의 얼룩이 집 곳곳을 어지럽히다 못해 안팎을 빠짐없이 망가뜨려 놓았다. 여기가 정말 우리가 살던 집인가 싶었다. 사는 사람이 바뀌니까 집이 이렇게 될 수도 있구나. 몇 년 동안 설악산 무릉도원에서 신선놀음한 대가가 무척 컸다.

어디서부터 손을 대야 하는지 모르는 처참한 현장이지만, 현실을 받아들여야 했다. 가장 손상이 심한 주방부터 들어냈다. 캐비닛과 싱크대, 조리대, 바닥재까지 몽땅 뜯어내니, 당장 밥 해 먹기도 힘들어졌다. 아침 일찍부터 홈 디포Home depot에 가서 보수할 재료를 준비해 오고, 나무꾼이 일하는 동안 조수 노릇을 하면서 식사도 준비했다. 조리할 수 있는 쿡 탑Cook Top이 없으니 간이 스토브에 음식을 익히고 음식 재료 세척과 설거지는 화장실에서 하는, 흡사 캠핑이 되었다. 자고 나면 새롭게 맞는 하루가 나쁜 꿈속에서 헤매는 것 같았다. 아침에 눈을 뜨면 어서 집에 가고 싶다는 생각이 간절했다. 여기도 우리 집이건만.

언제쯤 이 나쁜 꿈에서 깨어날 수 있을까? 극한 노동 캠핑이 3개월가량 지나자 집은 서서히 숨을 돌리기 시작했다. 바닥에 새 마루를 깔고, 주방 캐비닛과 싱크대, 오븐까지 새로 설치하고 나니 비로소 주방에서 밥을 하면서 일할 수 있게 되었다. 말기 암 환자에서 소생 가능한 쪽으로 회복세가 보이기 시작했다.

그리고도 3개월 정도 더 시간이 필요했다. 그렇게 집은 구석구석 다시 모습을 찾았다. 고생스러운 집수리 과정에서 확인한 점은, 집이란 역시 머물 때만 나의 집이란 것이다. 어디든지 내가 머무는 동안만 나의 집이고, 남에게 빌려주었으면 그 집은 내 집이 아니다. 집주인에게는 집을 끝까지 돌보아야 하는 책임만 있을 뿐이다.

지루하고 힘든 복구 과정을 겪어본 후, 우리는 그 집을 떠나기로 했다. 반년 넘게 고생하여 되살린 집을 살아보지도 못하고 나오려니 아쉬웠지만, 우리에게는 진행 중인 프로젝트『설악산 일기』가 있었다. 벌써 7년째 진행 중인 관찰과 그림이니 앞으로 몇 년 후에는 마무리해야 하지 않겠는가.

살아온 날들을 뒤돌아보면 가슴 뛰도록 기쁘게 살았던 시절이 언제였던가 싶다. 그림을 그리고 가족을 이루며 느꼈던 성취감이나 뿌듯함과 달리, 설악산에서 느낀 설렘과 평화로움은 우리 가치관의 테두리를 바꾸어놓았다. 인간들의 삶에서 생명체의 삶으로, 모든 생명이 연결되는 '공존과 순환'을 생각하게 되었다. 그런 시각에서 보니 이곳의 생활방식도 전과는 다르게 보였다.

우리가 오래 살았던 뉴욕, 뉴저지를 떠나 남쪽으로 집을 옮긴 이유는 온화한 기후에서 넓은 텃밭을 일구며 자급하는 생활을 해보자는 생각이었다. 그런데 이쪽의 환경은 부동산 개발로 북적거리고 있었다. 숲을 밀어내고 새로운 길을 만들고, 세워지는 주택들은 크고 호화로웠다. 단지 전체를 높은 담장으로 두르고 입구에는 차단기가 설치되었다. 똑같은 집들이 끝없이 늘어선 골목이 생겨났다.

집을 내놓고 새 주인을 만나기까지 한참 기다려야 했다. 주변에 새로 지은 집들이 많다 보니 20년이 훌쩍 넘은 우리 집은 낡은 집에 속해서 누구의 관심도 끌지 못했다. 뉴욕, 뉴저지 권에서는 20~30년이면 새집이라 여기는데, 남쪽 애틀랜타는 자고 나면 새집이 세워지는 상황이니 오래된 집을 고쳐가며 사는 분위기가 아니었다. 그래도 새로 지은 집들은 마당이 작고 집만 큰 데 비하여, 나이가 있는 집들은 마당이 넉넉한 장점이 있으니 인연을 만나리라 생각했다. 몇 달을 기다리다 보니 새 주인이 나타났다. 다행히 이 집의 장점을 좋아하고, 우리가 고쳐 놓은 여러 구석을 고맙게 여기는 가족이었다.

집을 손보는 동안 살림도 더욱 줄였다. 특히 마지막까지 헤어지기 어려웠던 살림이 그림 도구였다. 미국 생활을 함께해 온 대형 이젤은 나의 분신같이 느껴져서 자꾸 어루만지게 되었지만, 너무 커서 한국으로 옮겨올 수 없었다. 한국에는 나무꾼이 만들어 준 작은 이젤이 있으니, 큰마음 먹고 내보냈다.

남은 그림과 미술 도구는 뉴욕의 딸아이 집 다락방으로 옮겼다. 낡은 다락방이지만 새 마루를 깔고 벽 페인트도 칠하고 그림도 걸어놓으니 아늑해졌다.

앞으로는 여기가 우리의 미국 집이다. 새 둥지 같은 우리의 다락방!

우리의 다락방

쓰레기
지옥

설악산으로 돌아왔다. 지난 1년간 미국 집을 정리하고 살림도 줄이느라 몹시 지쳤는데, 오랜만에 고요한 숲길을 걸으니 비로소 집에 온 것 같았다. 숲 구석구석 낯익은 나무와 눈을 마주치며 느린 걸음으로 비룡폭포에 다다랐다.

그런데, 폭포 주변이 확 바뀌었다. 폭포 아래 넓은 소 가장자리를 뺑 둘러서 데크가 깔렸다. 긴 물줄기가 떨어지는 폭포는 올려다보는 풍경이 자연스러웠는데, 폭포를 데크에 서서 마주 보고 그 아래 소가 있으니, 마치 인공 연못 같은 기분이다. 오랜만에 고향에 와보니 확 달라진 황량함이 이런 느낌일까.

비룡폭포 옆에 나무 계단이 새로 났다. 토왕성 전망대로 올라가는 900여 계단이다. 새로 생긴 길이라 올라가 보는데, 400여 미터를 줄곧 계단으로만 올라가려니 힘들고 지루하다. 이른 더위에 땀 흘리며 올라간 전망대에서 멀리 보이는 토왕성 폭포에는 물이 없다. 올해도 무척 가문 상태다.

내려가는 길, 곳곳에 보이는 쓰레기가 몹시 거슬린다. 전에도 이 길에 이렇게 쓰레기가 많았나 싶다. 짐작건대 토왕성 전망대 개방으로 사람들의 통행량이 많아져서 쓰레기도 늘어난 것 같다.

사람들이 많이 지나다니는 길에는 영락없이 쓰레기가 남는다. 대청봉을 다녀오면서 놀란 점은 그 높은 산에도 쓰레기가 많다는 사실이었다. 밥 먹을 만한 자리를 찾아보면, 휴지나 나무젓가락, 종이컵, 생수병 등이 굴러다닌다. 깊은 숲속까지 검은 비닐봉지 뭉치가 버려져 있기도 했다. 생수병 중에는 작게 구겨졌거나, 바위 틈에 쑤셔 넣은 것도 있으니 고의로 버린 흔적이 역력했다. 버려진 쓰레기들은 모두 일회용품이다. 다시 사용할 물건이라면 크고 무거워도 버리지 않았을 것이다.

쓰레기를 산에 버리고 간 사람들은 무슨 생각으로 그런 걸까? 거대한 산이니까 이 정도 쓰레기쯤이야 소화시키려니 생각했을까? 그렇지만 인간의 소화 기관이 플라스틱을 소화할 수 없듯이, 산이나 다른 생명 또한 비자연 물질을 소화시킬 수 없다. 플라스틱을 삼키고 죽은 물고기나 새가 발견되었다는 뉴스는 이제 놀라운 일도 아니다.

지구별에서 동시대를 살게 된 인간들이 저지르는 무책임한 행위를 인간이 아닌 다른 생명은 그저 감내하며 살아야 한다. 풀, 나무, 바위, 흙, 물 등은 어느 날 갑자기 자기 옆에 놓인 썩지 않는 물질과 오래오래 같이 있어야 한다. 그런 물건들을 통과한 물이 모여 상수원이 되고 다시 생수가 되어 우리 식탁으로 돌아온다. 건강의 발원지인 산이 미래의 아이들에게 물려줄 소중한 자연이라는 주인 의식이 없다면, 남의 집에 들어와 밥을 먹고 어지른 자리 정도는 치우고 가는 손님의 자세라도 있어야 하지 않을까?

'쓰레기 투기 금지' 푯말을 보니 씁쓸한 웃음이 나온다. 쓰레기 투기라는 행위가 위반이나 과태료 등으로 단속될 일이 아니라, 당연히 지켜야 하는 기본 상식이기 때문이다. 그럼에도 불구하고 버젓이 쓰레기를 버린 사람들은 과태료는 피했을지라도, 훗날 쓰레기 지옥으로 떨어질 하나의 죄가 더해졌다. 그 죄는 땅이 알고, 하늘이 알고, 산이 알고, 누구보다도 자신이 제일 잘 알 것이다.

사용 후 그 물건이 사라질 때까지 '책임지는 소비'가 지금 내가 있는 자리에서 실천할 수 있는 가장 쉬운 환경 운동이다. '환경 보호'란 현수막의 문구로만 존재하는 게 아닌 실천이기에.

산에 버려진 쓰레기들

산에 버려진 쓰레기들을 통과한 물이 상수원이 되어 내려온다.

Slow Living

삶을 담은
그림

속초의 어느 중학교에서 교사들을 위한 강의 요청이 왔다. 학교에서 보낸 메일에 "…강의 주제는 '예술과 환경'입니다. 일반 교과 선생님들이 두 분을 통해서 새로운 시선으로 세상과 삶을 경험할 수 있었으면 하는 생각입니다…"라고 되어 있었다.

두 시간 짜리 강의를 준비하면서 우리의 그림과 삶을 뒤돌아보았다. 돌이켜보니 그림 속에 우리가 지나온 여정이 담겨 있었다. 도시에서 서서히 자연으로 옮겨가는 일상을 기록한 비주얼 에세이Visual Essay. 수많은 하루가 맞닿아 새끼줄 같은 삶을 이루고 소박한 일상에 시선이 멈추어 그림으로 남았다. 그리고 현재(*2018년)

진행 중인 『설악산 일기』는 동시대를 살아가는 수많은 생명들의 '삶'이다.

산 걸음을 다니며 배운 점은 크고 작은 생명들이 서로 맞물려 살아가는 자연에서는 단일 생명의 독식이나 축적이 없기에 장구한 세월을 순환할 수 있었고, 그렇기에 아직도 존재할 수 있었다는 것이다.

그러나 인류는 온 생태계를 인간만이 차지하려는 욕심으로 엄청난 자연파괴를 저질러왔다. 급기야는 청정한 물과 맑은 공기마저 위협받는 지경에 이르렀다.

한 해, 두 해, 가까운 미래의 기후 변화를 예측할 수 없는 이 시대에 산에서 만난 친구들, 수백 년 살아온 거목이나 한해살이 풀벌레나 모두 다 애틋하기만 하다. 기후 온난화가 계속되면 그중 많은 생명들은 다시 보기 어려울 거라는 걱정이 든다. 그나마 모습을 대할 수 있을 때 그림으로 남기고 싶어서 이젤 앞에 앉는다.

그림을 그릴 때는 하루에 한 번에 완성하지 않고, 매일 조금씩 다가간다. 식물의 특징을 서서히 이해하기 위함이다. 같은 종류의 식물이라도 크기의 차이가 있어서 어떤 꽃은 평균보다 크고 반면 유난히 작기도 하다. 크면 큰 대로 작으면 작은 대로, 그 풀 친구가 나에게 나누어준 생명 에너지가 내 그림을 통하여 누군가에게 전해질 수 있다는 생각으로 그의 모습을 천천히 더듬어 본다.

설악산 일기 그림 작업

설악산
일기

2009년 가을, 우리가 속초에 왔을 때는 2년 정도 머물다 미국으로 돌아가는 줄로 알았다. 그런데 2년 후 딸과 함께 미국으로 갔다가 몇 달 후 우리만 다시 속초로 돌아오게 된 것은 순전히 설악산 때문이었다.

처음 설악산에 발을 들인 2010년 봄에는 그 걸음이 10년이나 이어질지 꿈에도 몰랐다. 이른 봄 아직 눈이 녹지 않은 쌀쌀한 숲에서 나뭇가지에 바짝 붙은 노란 생강나무 꽃을 만났다. 그 작은 꽃이 예쁨의 대상을 넘어 강인한 생명체로 우리를 이끈 덕분에 걸음은 비룡폭포로, 울산바위로 이어졌고, 오세암, 봉정암까지 꽃

따라 길 따라 걷게 되었다.

새록새록 만나는 풀, 나무들은 인생의 후반을 시작하는 우리에게 새로운 세상의 눈을 열어주었다. 가녀린 풀 한 포기, 벌레 하나도 그들 나름의 지혜로 열심히 살아가는 모습을 보며, 그들도 인간과 동등한 단일 생명으로 존중받아야 함을 실감했다. 인간들의 삶에서 생명체의 삶으로, 삶이란 수많은 생명이 점같이 모여 이루어지는 큰 그림이란 것을 알게 되었다.

설악산은 돌과 바위가 많아서 높은 능선까지 올라갔다 내려오면 체력 소모가 심하다. 그래도 헉헉대며 걷는 걸음 속에서 에너지를 얻기에 가고 또 갔다. 마치 자신의 힘을 이용하여 생성되는 자가발전 시스템과 같이 힘들게 산을 오르면 몸과 마음이 정화되는 걸 느꼈다.

높은 산, 깊은 골짜기까지 걷기 위하여 스스로 체력 관리도 하게 되었다. 산을 걷는 행위는 누가 대신해 줄 수 없이 처음부터 끝까지 혼자 책임져야 하는 일이다. 올라간 만큼 내려가는 길을 걷다 보면 힘들다가 수월해지는 이치가 인생살이와 닮아 있음을 느낀다.

10년의 관찰, 126회 걸음에서 580종 이상의 식물과 동물을 만나는 동안 산은 찾아가는 만큼 나에게 가르쳐주었다. 낮은 곳부터 높은 능선까지 다닌 만큼 걸음 속에 답이 있었다.

산에 다녀오면 그날 밤에 언제 어디서 어떤 식물을 만났다고 일기 쓰고, 이름 찾고, 사진 정리하느라 어느새 일주일이 후딱, 그리고 또 산으로…. 그렇게 해를 거듭하면서 일기는 점점 두꺼워지고 그림으로 옮기는 작업은 지난했다.

특히 '실물 크기로, 만난 느낌 그대로 그리자'는 기준을 정했기 때문에 그림은 쉽지 않았다. 왜 실물 크기로 그려야 할까? 만났을 때의 모습을 그대로 간직하고 싶었다. 확대하여 너무 자세히 보거나, 주관적으로 원래 모습을 너무 생략시키지 않은 모습으로. 수많은 생명 중에서 나에게 손짓한 바로 그 친구의 모습을 담고 싶었다. 그 풀과 나무의 생명력이 그림에 녹아 누군가에게도 전해지면 좋겠다는 생각으로.

지나고 보니 자연을 바라보는 일은 끝이 없다. 자연은 지금까지 스스로 존재해 온 것 같이 앞으로 나아갈 것이고, 죽을 때까지 봐도 다 못 볼 것이다. 앞으로도 우리의 산 걸음은 계속되겠지만 이제는 풀, 나무의 겉모습만 알려고 하지 않고 마음으로 이야기하고 싶다.

풀과 함께 속닥속닥 웃음을 나누고, 나무둥치를 쓰다듬으며 오랜 세월 견뎌온 이야기를 듣고 싶다. 설악산에서 만난 모든 생명들이 고맙다. 풀님, 나무님, 벌레와 새들, 깊은 산속 물고기, 개구리, 돌멩이 하나까지도.

설악산 골짜기에 떠내려 온 음나무 잎사귀, 이담, 왁스페인팅

층층나무, 이담, 왁스페인팅

설악산에서
만난 나무

•

이담

해를 거듭하며 설악산을 오르내릴 때마다 낯익은 나무와 여러 번 만나곤 했다. 늘 제자리를 지키는 나무는 언제 가도 그 자리에 있었다. 다시 만난 나무가 반가워서 나무둥치를 쓰다듬으며 그동안 잘 지냈냐는 인사를 마음속으로 나누곤 했다.

설악산에서 그토록 다양한 모습의 나무들을 만나게 될지 미처 몰랐다. 뚜렷한 개성을 뽐내며 자신감을 드러내 보여 멀리서도 한눈에 알 수 있는 소나무도 있고, 행여 들킬까 두려운 듯 꼭꼭 숨어 있는 박쥐나무도 있다. 나무의 껍질이 사람의 피부처럼 희고 매끄러운 사람주나무도 있고 물관 분포가 매우 불규칙해서 나이

341

를 먹을수록 나뭇결이 울퉁불퉁한 서어나무도 있다. 햇빛을 쫓아 한없이 키를 키웠기에, 가지 끝에 매달린 잎사귀를 보려면 고개가 꺾이도록 한참을 올려다보게 만드는 들메나무도 있다. 반면 키다리들과 경쟁하지 않고 나지막한 빈자리를 차지해서 다소곳이 퍼져나가는 생강나무도 있다.

나무들 대부분은 껍질을 변화시켜 두꺼운 한 벌 옷을 입지만, 자작나무과의 거제수나무나 사스래나무는 여러 벌의 얇은 옷을 겹겹이 껴입어 추위를 이겨내기도 한다.

높은 산 정상부에 자리 잡은 눈잣나무들은 제 키를 바짝 낮추고 가지도 바닥으로 땅에 붙여 추위를 견뎌낸다. 죽어서 껍질이 벗겨진 나무의 속살을 보면 높은 산 세찬 바람 속에서 자기 몸을 셀 수 없이 비틀어가며 견뎌온 인고의 세월이 느껴진다.

어린나무에서부터 수백 년은 족히 되어 보이는 고목에 이르기까지 그들 앞에 펼쳐졌던 수많은 삶과 죽음의 이야기를 그림 속에 담고 싶다는 생각이 들자 나무를 바라보는 시선이 각별해지기 시작했다. 사람을 그릴 때 해부학적 시각이 필요하듯 나무의 물관 분포나 표면의 숨구멍 배치에 따라 나무의 특징이 드러났다. 같은 나무라도 유년기와 청·장년기 그리고 노년기를 거치며 표면의 모습이 크게 변하는 나무도 있었다.

각각의 나무에 대해서 조금씩 알아갈수록 그림의 밀도 또한 깊어져 간다. 아는 만큼 보인다는 말처럼 아는 만큼 그리는 것이다. 만남의 횟수와 관찰의 밀도가 깊어지면서 어느 순간 나무와 교감이 이루어지는 듯한 느낌이 들 때 그 나무는 내 그림 속 주인공으로 자리 잡는다.

나무껍질에 켜켜이 새겨진 세월의 흔적들 속에서 나무가 살아온 시간만큼 들려주는 생명의 이야기가 왁스페인트와 함께 녹아내린다.

뜨겁게 달궈진 인두가 나무의 이야기를 펼친다.
종이 표면에 바르고 비비고 철필로 한 겹 한 겹 긁어낸다.

또 새로이 묻히고 비비고 긁어내기를 반복하며
지나간 세월의 풍상이 남긴 흉터와 자국이 드러난다.
철필 촉이 파내는 깊은 골과 겹겹이 벗겨져 나간 껍질들 속에
꼭꼭 갇혀 있던 생명의 소리가 들려온다.

몰아치는 비바람과 거센 눈보라 속에서도
오직 한 자리를 지키며 몸부림으로 견뎌온,
그래서 아직까지 살아 있는 설악산의 나무들이
이제 내 그림 속에 우뚝 섰다.

민들레, 김근희, 한지에 유화

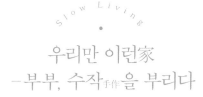

우리만 이런家
—부부, 수작手作을 부리다

    설날 연휴를 앞두고 느닷없는 전화를 받았다. 자신을 EBS 방송작가라고 소개하면서 "…3월 둘째 주 촬영…"을 설명한다. 그렇지만 우리는 3월 초에 미국 비행기 표를 준비했으니 일정이 안 맞는다고 했다. 앳된 목소리의 방송작가가 아쉬워하며 전화를 끊었는데, 잠시 후 또 전화가 왔다. 촬영 일정을 앞당길 수 있다고 한다. 그렇지만 갑자기 받게 된 전화라서, 제작 의도와 샘플 방송을 메일로 보내달라고 했다.

    메일이 왔다. 〈선생님 부부의 사연을 기사와 책을 통해 접하고… 제작팀은 남들과 다른 가치관과 소신을 갖고 살아가는 선생님 부부를 저희 프로그램에 모시고 싶다고 생각했습니다… 많은 시청자에게 선생님 부부의 가치관을 알리고 싶습니다.〉

샘플 방송을 보니 우리 부부가 사는 모습과는 다른 느낌이라서 우리와 안 맞는 거 같다고 메일을 보냈다. 며칠간 답이 없어서 안 찍는 거라 생각하니 마음이 가벼워졌다. 연휴 마지막 날 또 전화가 왔다. 자신을 피디라고 소개하며, 자기도 나이가 제법 있고 방송과 관계없이 우리 사는 모습을 보고 배우고 싶다고 한다. 그렇지만 일정이 급한 프로를 준비하면서 한가하게 강원도를 다녀갈 리가 없다. "글쎄요. 전에 KBS와 15분 다큐를 찍었는데, 일단 집에 오시면 밀려 밀려 어쩔 수 없이 찍게 되던데요. 그때도 처음에는 답사 온다고 했어요."

전화기 너머로 들켰다는 듯이 웃는다. 어떻게 알고 연락했는지 물으니, 우리 사는 이야기가 소개된 〈집이 사람이다〉 기사를 이야기한다. 더불어 제작 의도를 간곡히 설명하는데 일정이 너무 짧아 선뜻 마음을 낼 수가 없다. 천천히 생각해 보자고 하니, 〈우리만 이런가〉 시리즈 8부작이 4월 중순에 끝난다고 한다.

그렇다면 이번에는 인연이 아닌 거 같다고 말했다. 최근 우리 일상에서 설악산을 빼놓을 수 없는데, 지금은 산에 가야 마른 가지뿐이라고 설명을 했다. 그럼에도 멋진 이미지를 보여주기보다는 삶의 방식이 더 중요하다고 그쪽에서 간곡히 요청한다. 전화로 더

길게 끌 수 없어서 밤까지 시간을 달라고 했다. 제작진의 일정이 촉박하니 여러 날 생각할 여유가 없을 것 같았다.

인터뷰 요청이 오면 매우 조심스럽다. 우리끼리 하는 말로 잘 나가야 본전이다. 짧은 시간에 많은 이야기를 나누기 때문에, 어떤 때는 사소하지만 극적인 사실이 부각되기도 하고, 앞뒤 상황은 잘리고 부분만 나가서 느낌이 바뀔 때도 있다. 그런 경험이 있어서 신문이나 월간지 인터뷰는 기사 나가기 전에 팩트 체크 할 기회가 있는지 먼저 확인한다. 그런데 영상 인터뷰는 미리 보고 조정할 시간이 거의 없다. 몇 년 전 강릉 KBS에서 연락이 왔을 때는 『재활용 목공 인테리어』 책 출간 후라서 재활용 목공을 알리는 데 도움이 될 거 같아 용기를 냈다. 그런데 지금은 무엇을 위하여 마음을 내야 할까? 방송 피디는 우리를 위해서 촬영하는 것이 아니다. 우리에겐 단지 말할 기회가 주어질 뿐이다. 무슨 말을 해야 할까? 그것도 70분씩이나.

생각에 따라서는 기회일 수 있지만 부담 또한 크다. 영상 인터뷰는 녹화라도 생방송과 별로 다르지 않다. 늘 갖는 생각이라도 질문의 각도에 따라 어떤 때는 말문이 잘 열리지 않는다. 15분 영상을 위하여 사흘을 촬영했고, 카메라 앞에서 어색하고 심란했던 경험이 떠오른다. 이번에는 70분이라 적어도 열흘을 찍는다는데, 출국 전까지 아무리 봐도 날짜가 빠듯하다.

나무꾼과 함께 끙끙거렸다. 설악산 산신령님께 물어보면 뭐라고 답하실까? 산과 함께 지내온 시간이 이만큼 되니, 산이 너무 아프다고 세상에 알리라고 하실까? 다녀보니 산이 정말 아프다. 구석구석 자연이 병들어간다. 나와 나무꾼이 아무리 새 비닐 한 장 안 쓰고 살아도, 산보다 더 큰 쓰레기들이 쌓여간다. 앞으로 살아갈 지구의 앞날을 생각하면 암담하다. 이 순간에도 생산과 소비라는 거대한 톱니바퀴는 맞물려 돌아가고, 돈을 벌고 쓰며 생활하는 시간 뒤에 남겨지는 쓰레기는 누구의 몫이 될까? 세상살이를 순환이라 여기지 않고 오로지 앞만 보고 달리는 열차의 종착역은 과연 어디일까? 그렇다면 집안에서 답답해하지 말고 목소리를 내야 하는 건가? 우리의 이야기를 들을 누군가를 위하여 마음을 내야 할까?

주제가 '남들과 다른 가치관'이라고 했다. 무엇에 가치를 두고 사는가? 간편한 소비와 기성품에 젖어 있는 시각에서는 공존하는 생명의 고통과 순환을 생각하는 작은 실천들이 불편해 보일 수 있다. 그렇지만 몇 명이라도 더, 같은 생각을 가지고 걸음을 내딛는다면 세상을 위해서는 좋을 것이다. 그래서 '지구를 생각하는 살림 이야기' 강연을 다니는데 늘 소모임이다. 티브이로 나가면 큰 강연이 되겠지.

살림 이야기뿐만 아니라 설악산 그림들도 있다. 2010년 봄, 설악산 걸음을 시작한 지 벌써 9년째, 처음부터 지금까지 『설악산 일기』를 기록하고, 산에서 만난 생명을 그림으로 옮기고 있다. 글, 그림 작업량이 점점 늘어서 이제 책으로 묶고 전시도 해야 한다.

산에 올라가는 것과 비교하면 깔딱 고개 앞에 선 것 같다. 휴, 저 길을 올라가야 하나. 큰맘 먹고, 답사와도 좋다고 문자를 보냈다. 이틀 후 아침에 피디님이 찾아왔다. 우리 사는 모습을 돌아보느라, 종일 시간을 보냈는데도 다 못 보고, 촬영 소재가 많아서 좋다며 싱글벙글 돌아갔다. 지금 진행 중인 작업을 며칠 안에 마무리하고, 바로 우리 집 촬영을 시작해서 사흘간 촬영, 하루 중간 점검, 다시 5일간 촬영하기로 했다. 출국 전 하루만 예비일로 비워놓았다.

촬영 첫날 오전부터 카메라가 켜졌다. 일상마다 카메라가 쫓아다닌다. 바느질, 목공일, 빵 만들기, 식사 준비와 산에 가서 풀, 나무 만나고 그림 그리기⋯. 늘 하는 일이지만 하루에 여러 장면을 촬영하려니 이거 하고 저거 하느라 쉴 틈이 없다. 불쑥불쑥 이어지는 인터뷰에 답하려면 정신도 바짝 차려야 한다. 일상과 연결되는 야외 촬영도 있다. 바느질 재료와 목공 재료 구하기, 도서관 가기, 오일장 보러 가기, 약수터에 물 받으러 가기 등을 시간표를 짜서 이어갔다.

우리의 일상을 지켜본 제작진이 전반적인 그림이 너무 평화롭

다고 한다. 아무리 다큐멘터리지만 약간의 반전이 필요하단다. 반
전? 그게 뭘까? 싸우는 장면이란다. 물론 우리도 싸울 때가 있다.
어떻게 안 싸우고 살겠나? 그렇지만 갑자기 싸우라니 원. 그리고
우리 둘은 많이 닮았는데 다른 점을 말해보란다.

　사실 우리는 닮아보여도 아주 다르다. "우리는 참 다른 사람들
이에요." 아무리 말해도 그렇게 안 보이나 보다. 덕분에 '우리의 다
른 점'에 대해 새삼 떠올려보았다. 제일 다른 점을 꼽자면 이렇다.
나는 방학식 날 방학 숙제를 시작해서 빨리 끝내고 남은 방학 내
내 맘 편히 놀았는데, 나무꾼은 개학 전날까지 즐겁게 놀다가 마
지막 날 방학 숙제했다는 말을 나중에 듣게 되었다. 결혼 전에 그
사실을 알았다면 심사숙고했어야 할 개미와 베짱이의 차이다. 나
무꾼 말로는 컵에 물이 반 있는데, 물이 반 밖에 안 남았다는 생
각과 물이 반이나 남았다는 시각의 차이라고 한다. 어쨌든 두 사
람의 시각이 달라서 2인 공동체의 균형이 잡히는 것 같기도 하다.

　촬영 마지막 날은 아침 일찍 가진항에 가서 물고기를 사고,
양양 오일장에 갔다가, 곰배령 친구 집에 가는 빡빡한 일정이었다.
종일 바쁜 일정을 다 마치고 드디어 카메라가 꺼졌다. 옷에 달고
다니던 마이크도 반납하고, 가지고 간 물고기 밥상으로 제작진과
함께 저녁 식사를 했다. 일주일 넘게 함께 생활하는 동안 친해져
서 깔깔, 호호, 뒤풀이가 즐거웠다. 카메라가 꺼졌는데 좋은 멘트

가 더 나온다고 제작진은 아쉬워했다. 밖에는 어둠이 내리며 눈발이 날리고, 제작진은 밤늦게 서울로 출발했다. 우리는 다음 날 아침에 속초로 가기로 했다.

다음 날 아침 일어나 보니 눈이 엄청 왔다. 계속 오고 있다. 눈 깊이가 60센티미터는 족히 되어 보였다. 곰배령 친구가 9시가 넘으면 제설차가 길을 치울 거라고 했다. 내일 새벽 출발까지 24시간도 안 남았는데, 짐도 못 꾸리고 곰배령 눈 속에 갇혀버렸으니 이 상황이 꿈이면 좋으련만. 제설차는 10시가 넘어도 오지 않는다. 마음은 점점 급해졌다. 차에 쌓인 눈을 대강 치우고 자동차 트렁크에서 체인을 꺼내 바퀴에 힘들게 감고 출발했다. 그런데 몇 바퀴 돌더니 곧 요란한 소리가 났다. 체인에 문제가 생긴 것 같은데 뒤에 쫓아오는 차 때문에 멈추지 못하고 불안해도 앞으로 가는 수밖에 없었다.

그러다가 우리 쪽으로 오는 제설차를 만났다. 제설차는 방향을 돌려 우리 앞의 눈을 치우며 나아갔다. 마치 천사가 나타나서 도와주는 것만 같았다. "역시 산님이 도와주셨어." 그동안 산에 다니면서 힘들 때마다 산이 우리를 도와준다는 느낌이었는데, 이번에도 산님이 우리를 집에 갈 수 있게 해준 거라는 생각이 들었다.

덕분에 힘든 눈길은 벗어났다. 그런데 자동차축에 엉켜버린 체인이 문제였다. 조침령 터널에 차를 세우고 곰배령 친구에게 도

움을 청했다. 친구도 자기 차에 쌓인 눈을 치우고 나오려면 시간
이 걸릴 것이다. 터널 안의 냉기가 뼛속까지 스며들어 달달 떨고
있는데, 어젯밤에 헤어진 피디님에게서 전화가 왔다. 지금 또 속초
로 오겠다고 한다. "아니, 왜요…?" "마지막 엔딩 멘트를 못 찍었어
요. 찍은 거 갖고 편집해도 되지만, 그래도 뭔가 아쉬워서요."

잠시 후 친구가 절단기를 가져와서 체인을 잘랐다. 그 후, 우린
1초까지 아껴야 했다. 집에 도착해서 가방을 싸면서, 다시 나타난
피디님과 인터뷰를 하며 급하게 집 정리도 했다. 내일 새벽 4시 출
발 예정인데, 마침 피디님 차편으로 오늘 밤 서울로 가서 숙소를
잡을까 했더니, 피디님이 자기 집에서 하룻밤 쉬어가라고 한다. 그
동안 귀찮게 했으니 자기도 뭔가 보답하고 싶다고 한다. 고마운 제
안 덕분에 조금 여유가 생겼다. 냉장고에 남은 음식으로 저녁을
함께 먹고, 피디님 차에 동승해서 서울로 갔다. 다음 날 아침 공항
출국장 앞에 앉고 나니, 지난 열흘간 일어났던 일들이 영화같이
떠오른다.

2018년 3월 27일 밤 EBS〈우리만 이런家-부부, 수작(手作)을
부리다〉가 방송됐다. 어떻게 편집되었을까 몹시 궁금했다. 우리는
미국에서 인터넷으로 방송을 봤다. 알록달록 우리의 일상이 흐르
며, 『조각보 같은 우리 집』책의 문장이 영상 곳곳에 자막으로 나
온다.

방송을 보고 나서야 제작진이 말했던 '휴먼 다큐'라는 말뜻을 비로소 알아차렸다. 우리의 가치관은 당연히 환경 이야기이거니 했는데 편집된 흐름에서 환경에 대한 심도 있는 인터뷰는 제외됐다. 단지 환경을 생각하며 생활하는 모습이 매사에 짤막하게 보여졌다. 긴 설명보다 작은 실천의 모습이 더 중요할 수도 있지만, 설악산 케이블카 반대와 약수터에서 물과 쓰레기의 순환 이야기가 제외된 건 무척 아쉬웠다.

우리의 영상은 신청곡 〈My Way〉가 흐르며 막을 내린다. 예순의 문턱에서 지나온 길을 뒤돌아보는 두 그림자가 있다.

설악산 골짜기에서, 우리 그림자

Slow Living
·

설악산에서
느린산으로

2019년 여름, 우리는 설악산 아래 농가 주택으로 거처를 옮겼다. 설악산 걸음을 시작한 지 만 10년이 되는 날인 2020년 4월 16일에 설악산 걸음을 마무리하고, 그 후 그림에 더욱 집중하기로 마음을 먹었다. 그림에 집중하는 동안 멀리서나마 설악산을 바라보려면 산 가까이 살아야 했고, 마침 인연이 닿는 집을 만나게 되었다.

아침에 일어나 커튼을 열면 창밖에 설악산이 펼쳐졌다. 마당에 나가면 장대한 봉우리들이 우뚝우뚝 보이고, 마당 앞에 작은 개울이 흘렀다. 멀리 봉우리를 올려다보면 어느 날 산길을 걷던 때가 떠올랐다.

이사 온 집에는 작은 별채가 있었다. 민박용 한 칸 건물인데, 나무꾼의 목공실로 적합했다. 미국에서 큰 차고를 전용 목공실로 쓰던 시절 이후, 작은 아파트에서 층간 소음 눈치 보며 작업하느라 불편했는데, 나무꾼에게 오랜만에 맘 편히 나무를 만질 공간이 생겼다.

나무꾼은 별채 목공실에서 대형 이젤과 큰 화판을 만들고, 큰 그림을 시작했다. 아파트에서 작은 화면에 그렸던 나무 중에서 마음이 가는 나무들을 새로 크게 그렸다. 높은 곳에서 만난 사스래나무를 그리고, 숲속의 멋쟁이 쪽동백나무도 그리고, 코르크 옷이 멋진 굴참나무도 다시 그리고, 신갈대장군을 그리려고 더 큰 화판을 만들었다.

2020년 봄 처음 산에 오른 지 만 10년이 되는 날, 설악산에 처음 갔던 길을 천천히 올라갔다. 강산도 변한다는 10년 동안 산은 얼마나 변했을까, 또 우리는 어떻게 달라졌을까 느껴보고 싶었다.

숲에 처음 오는 기분으로 두리번거리며 걸음을 옮겼다. 거대한 숲의 미세한 변화를 우리 눈으로 알아챌 수 없었지만, 기후 변화는 확실히 느껴졌다. 해가 갈수록 꽃 피는 시기가 빨라지는가 싶더니, 날씨가 사뭇 포근하고 남아 있는 눈이 전혀 없었다. 10년 전 그날은 골짜기 곳곳 녹지 않은 눈이 있었고, 꽃샘바람이 매우 쌀쌀했었다.

변화된 것은 숲보다 사람들이었다. 산에 오는 사람들 대부분 마스크를 쓰고 있었다. 청정한 숲에서 마스크 쓰고 다니는 모습이 어색하고 불편해 보였다. 하지만 느닷없이 들이닥친 코로나 바이러스에 인간은 더없이 나약할 뿐이었다. 숲속에 있는 작은 풀이나 다람쥐가 사람들의 이런 모습을 보면 어떻게 생각할까. 만물의 영장이라는 인간이 한낱 보이지 않는 바이러스에 무너지는 걸 보면, 세상의 생명 중에는 우월한 것도, 열등한 것도 없다는 생각이 들었다.

그날 산에서 내려온 후, 『설악산 일기』를 책으로 꾸미는 일에 전념했다. 10년 동안 기록한 일기와 그려놓은 그림이 있어도, 그림과 글을 배합하여 책으로 엮는 일은 고단한 과정이었다. 두꺼운 일기를 짤막하게 편집하고, 그림을 스캔하여 책에 실을 것을 고르면서, 디자인 프로그램도 배워나갔다. 1년이 넘도록 책 작업을 하면서, 우리 둘만의 힘으로는 부족하다는 느낌이 들었을 때 그 마무리를 함께할 출판사를 만났다. 그리고 2022년 봄, 『설악산 일기-산의 시간을 그리다』가 출간되었다.

책이 나오는 동안 우리의 거처도 확 바뀌었다. 산에서 배운 '공존과 순환'을 흙이 있는 집에서 실천해 보기 위해 그리운 설악산을 떠났다. 채소를 키워 먹고, 내 마당에서 자라는 풀을 직접 보고 그리고 싶다는 작은 꿈을 실천하기 위하여 낮은 구릉이 펼처지는 마을로 옮겼다. 우리가 이사한 곳은 조선 시대의 읍성이 복원되어 가는 충남의 작은 마을이다.

이사 간 집 앞에는 고구마 농사를 짓던 공터가 있었고, 우리는 그 자리에 작업실을 지었다. 미국의 시골에서 보던 헛간 모양의 작업실을 '느린산 갤러리'라 이름 지었다. 작업실 '느린산'은 우리의 그림 작업장이고, 전시장이고, 재활용 공방도 될 것이다.

어디서 사느냐보다 어떻게 사느냐가 중요한 우리의 삶이 설악산에서 '느린산'으로 바뀐 셈이다. 이제부터는 흙이 품은 생명력에 기대어, 여러 생명이 함께 사는 '느린산'을 일구어나갈 것이다. 설악산의 가르침이 '느린산'의 홀씨가 되어 새로운 씨앗으로 싹 트기를 바라며, 흙에서 만날 친구들을 기다린다.

설악산에서 만난 나래회나무 열매, 김근희, 수채화

뜨거운 여름을 보내며

원고를 정리하며 2023년 여름이 지나갔다. 뉴스에서는 그동안 인간이 겪은 가장 뜨거운 여름이라는 보도가 연일 쏟아졌다. 2023년은 폭염뿐 아니라 온갖 기후 재앙까지 세계 곳곳에서 일어났다. 산불, 가뭄, 홍수, 그로 인한 산사태와 붕괴… 폭우에 길이 잠기고 집이 무너지는 처참한 사고는 어느 날 갑자기 어디에서나 한순간에 일어날 수 있는 가까운 현실로 다가왔다. 기상 이변이나 기후 변화라는 단어로 표현하던 상황과는 차원이 다른 심각한 재난이었다.

해마다 수위가 높아지는 기후 위기를 생각하면 사람들의 소비 습관은 하루라도 빨리 자연파괴를 멈추고, 환경을 지키는 쪽으로 돌아서야 한다. 하지만 무성한 걱정에 비하여 그런 생각에 공감하고 몸소 실천하려는 층은 두텁지 않은 것 같다.

오랜 숙제 같았던 절판된 책 『조각보 같은 우리 집』의 개정 증보판을 함께할 출판사를 찾는 과정은 쉽지 않았다. 그 까닭은 불편한 실천에 동참하자고 말하는 책이 잘 팔리지 않으리란 신호이기도 했다.

그렇지만 뜻이 있으면 길이 있는 법! 지인의 소개로 독자들에게 쓴소리하는 원고에 함께할 동행을 만났다. 출판사 이름을 물었더니 〈느린서재〉라고 한다. 그때, 함박웃음이 나왔다. 이름이 〈느린산〉과 〈느린서재〉이니 바라보는 방향이 비슷하리라 생각되었다. 우리의 사십 대와 오십 대가 녹아 있는 20년 라이프 에세이life essay를 〈느린서재〉와 함께 찬찬히 돌아볼 수 있어서 편안했다.

이 책을 다 읽은 독자에게.

책의 마지막 장을 덮었을 때, 무슨 생각이 드는지 들어보고 싶다.

"자, 이제 무엇을 멈출 건가요?"

"앞으로는 무엇을 비울 건지요?"

* 지속 가능한 지구를 생각하는 작은 실천들 *

1. 물과 음료수, 도시락은 재사용 가능한 용기에 담아서 다니고 일회용 제품을 되도록 사용하지 않는다.

2. 재래시장에서 장 볼 때 생선이나 손두부같이 젖은 음식물은 미리 가져간 빈 통에 담아온다. 젖은 음식을 담아온 비닐봉지는 다시 말려서 분리 배출하기는 어렵다. 포장된 물건도 속 비닐 중복 사용을 자제한다.

3. 장 볼 때 가능하면 가까운 지역에서 제철에 생산된 걸 먹는다. 연료를 많이 쓰고 이동한 것, 멀리까지 유통하느라 방부제가 들어간 음식은 안 먹는 게 좋다.

4. 음식물 쓰레기를 포함한 모든 쓰레기는 수분을 최대한 말려서 배출한다.

5. 올바른 소비에 대해 생각해본다. 구매하려는 물건이 공정하게 생산되고 유통되었는지, 저렴한 가격 뒤에 그로 인해 고통받은 사람이

나 생명이 있을지 생각해본다.

6. 아무리 사소한 실천이라도 '나 하나쯤 안 해도 되겠지' 하는 생각 대신, '나 하나라도 지켜야지' 하는 생각으로 참여한다. 하나하나가 모여 결국 우리가 될 수 있다.

＊ 생산자에게 바라는 비닐과 플라스틱 포장법 ＊

1. 분리수거를 할 수 없게 여러 물질이 섞인 포장은 피하고, 재활용 될 수 있는 포장재를 사용한다.

2. 상품을 커 보이게 하기 위하여 과대 포장이나 중복된 포장을 하지 않는다.

3. 상품 포장에 사용되는 비닐류에 착색 인쇄하는 대신 투명 비닐을 사용하고, 상품 안내 문구는 종이에 인쇄하여 비닐 포장 안에 넣는다. 그러면 소비자가 투명 비닐과 종이 설명서를 쉽게 분리수거 할 수 있다.

느리게 산다

ⓒ김근희 · 이담 2024

초판1쇄인쇄 2024년 3월 5일
초판1쇄발행 2024년 3월 15일

지 은 이	김근희 · 이담	펴 낸 곳	느린서재
펴 낸 이	최아영	출판등록	제2021-000049호
		전 화	031-431-8390
편 집	최아영	팩 스	031-696-6081
교 정	김선정, 서남희	전자우편	calmdown.library@gmail.com
디 자 인	데일리루틴	인 스 타	calmdown_library
인쇄제본	넥스트프린팅	뉴스레터	calmdownlibrary.stibee.com

I S B N　979-11-93749-01-2 03810